LA DANSE
DES FLAMANTS ROSES

DE LA MÊME AUTRICE

L'ombre de l'olivier (roman)
Mémoire d'encrier, 2011, 2024 (Legba, format poche)

Les racistes n'ont jamais vu la mer (récit)
Rodney Saint-Éloi et Yara El-Ghadban
Mémoire d'encrier, 2021, 2024 (Legba, format poche)

Je suis Ariel Sharon (roman)
Mémoire d'encrier, 2018

Le parfum de Nour (roman)
Mémoire d'encrier, 2015

COMPRENDRE SANS
NOMMER SANS
POSSÉDER EST UNE
DANSE. ALORS
NOUS DANSONS
DANSONS DANSONS
LA DANSE DES
FLAMANTS.

MĒMOIRE
D'ENCRIER

1260, RUE BÉLANGER – BUREAU 201
MONTRÉAL, QUÉBEC H2S 1H9
INFO@MEMOIREDENCRIER.COM
MEMOIREDENCRIER.COM

Palestine. La mer Morte s'est évaporée. La maladie du sel dévore la région et menace l'humanité. Pourtant, là où étaient relégués des milliers d'habitants, survivent paysans, colons, soldats, prisonniers et ouvriers. Des colonies de flamants roses s'installent. Ensemble, humains et vivants rebâtissent une communauté. *La danse des flamants roses* est né d'une question : Et si la Palestine offrait la seule utopie possible ?

Née en 1976, **YARA EL-GHADBAN** est romancière et anthropologue d'origine palestinienne. Ses livres racontent la vie des hommes, des femmes et des enfants qui, face à l'histoire, à la violence coloniale et à l'exil, rêvent de demain. Elle vit à Montréal.

YARA EL-GHADBAN

LA DANSE DES FLAMANTS ROSES

À Kynda et Zadah

Le 7 décembre 2023, le poète palestinien Refaat Alareer est assassiné. Il est parmi des milliers d'hommes, de femmes et d'enfants tués à Gaza par les bombes israéliennes. Son poème *If I must die*, hymne à l'humanité, résonne dans le monde entier. S'il doit mourir, écrit-il, nous devons vivre, pour raconter son histoire, fabriquer un cerf-volant, répandre l'espoir.

Ce roman est un cerf-volant.

يارا

Montréal, le 13 décembre 2023

Plus aucune créature n'avait de nom qu'on puisse lui retirer.
Je les sentais plus proches de moi qu'elles ne l'avaient jamais été
quand leurs noms nous séparaient :
si proches que la peur que j'avais d'elles et
la peur qu'elles avaient de moi ne faisaient plus qu'une.
Et l'attirance que beaucoup d'entre nous ressentions
les unes pour les autres ne faisait qu'une avec la peur.
On ne pouvait distinguer la chasseuse de la chassée,
ni celle qui servirait de nourriture
de celle qui la mangerait.

Ursula K. Le Guin
Elle leur retira leurs noms

LA MER MORTE

1. La colonie des flamants
2. La bibliothèque de Ein Gedi
3. Les grottes des habitants de la vallée
4. Wadi Arraija
5. Wadi Al-Khabat

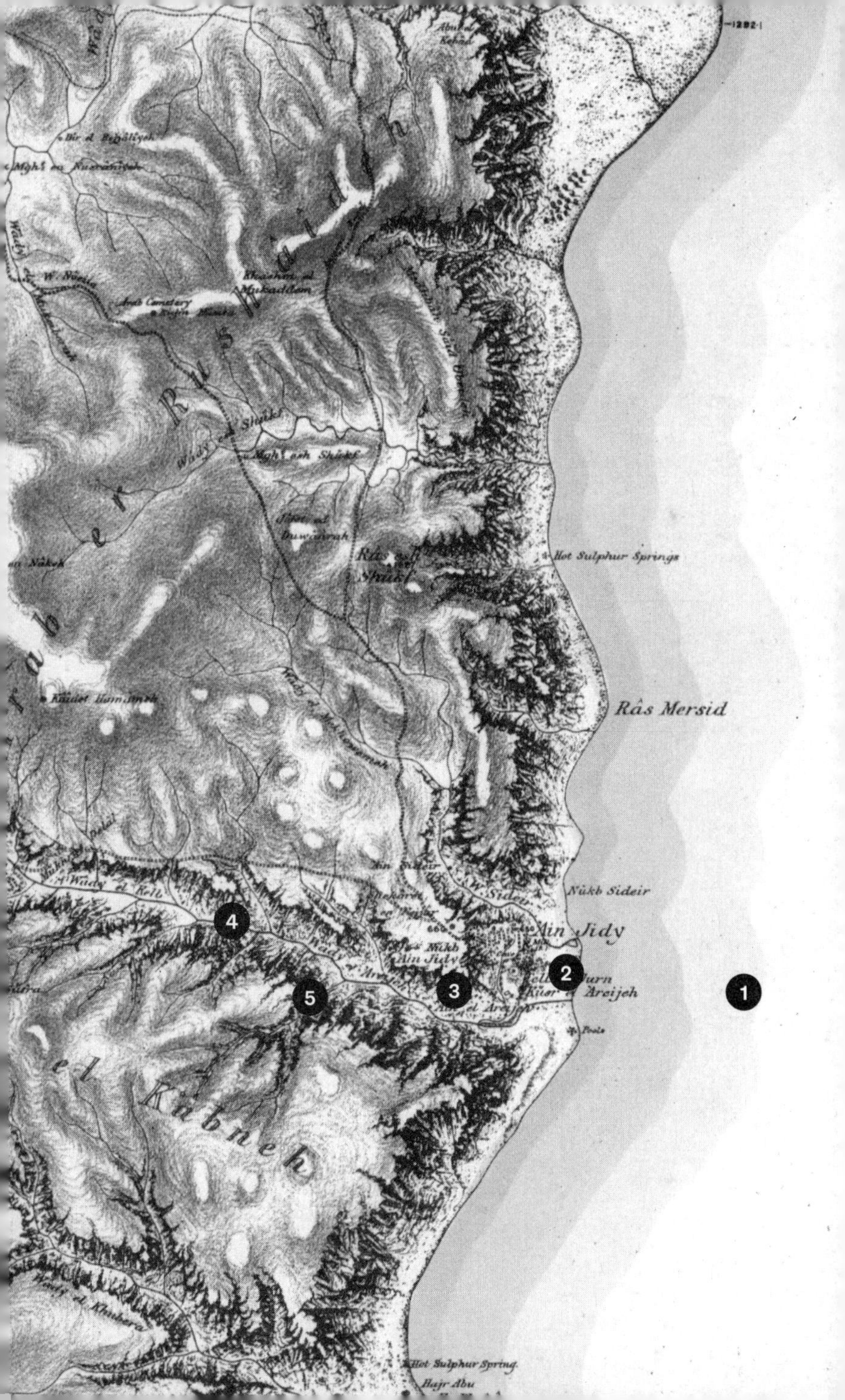

Hot Sulphur Springs
Râs Mersid
Nŭkb Sideir
'Ain Jidy
'Areijeh
Hot Sulphur Spring.
Hajr Abu
1
2
3
4
5

Quand elle est venue chercher les ouvriers, on n'a rien fait. Ils venaient des centres de détention. Prisonniers, réfugiés et sans-papiers, ils labouraient les bassins de sel de la mer Morte. Et comme les bassins de sel, ils s'épuisaient.

Quand elle a rattrapé les touristes et le personnel des stations balnéaires, on n'a rien fait. La mer Morte s'évaporait. Le bleu turquoise n'était plus qu'un marais pâteux. Les piliers de sel majestueux réduits en amas de poussière. La terre rouge criblée de trous béants. Les routes et les collines repliées sur elles-mêmes. Le paysage ne plaisait qu'aux fanatiques et aux désespérés. Qui rêvent de fin du monde, qui, de résurrection. Lorsque les corps succombaient, c'était prévisible et même une délivrance.

Quand elle s'est emparée des Bédouins, on n'a rien fait. Moins de nomades à déloger des zones militaires et des arrière-cours des colonies. La machine de la ségrégation s'accommode mal des bergers et de leurs troupeaux errants.

Quand elle a ravagé les villages, on n'a rien fait. Moins d'invasions, de démolitions, d'expropriations. Moins de visages de gosses souffrants sur les médias sociaux. S'ils mouraient loin des caméras, qui s'en plaindrait?

Quand les premiers colons ont montré des symptômes de la maladie du sel, disait ma mère, l'État a enfin sonné l'alarme.

On les a évacués. Le système de santé publique s'est activé. Des unités d'experts et de médecins spécialisés se sont formées. Des hôpitaux, des cliniques et des laboratoires rassemblant les cerveaux les plus éminents et les équipements les plus avancés ont accueilli les patients. Et l'on a déployé psychiatres et agents de liaison pour le bien-être de leurs proches.

Les médias ont sauté sur l'affaire, le fait divers est devenu un drame humain à l'échelle internationale. L'Organisation mondiale de la santé s'en est mêlée. Les conférences de presse diffusées, rediffusées sur tous les canaux et les plateformes. À l'ONU, les résolutions de soutien à l'État en crise pleuvaient. Les dons de citoyens du monde émus par la détresse des victimes inondaient la Croix-Rouge, Oxfam, Médecins sans Frontières.

Imperturbable, la maladie avançait, grugeant les corps grain de sel après grain de sel.

L'empathie a viré en inquiétude, disait mon père, l'inquiétude en peur, la peur en hystérie.

On a rangé le sel de table dans la catégorie hazardous materials et dangerous goods.

On a appris à dire hazmat pour faire court.

On s'est mis à parler de combinaisons et d'équipement de protection personnelle, à diffuser des annonces expliquant comment se laver, multiplier les couches sur les vêtements et poser de l'adhésif sur les ouvertures des fenêtres, des portes et des voitures.

Dans la rue, la foule qui scandait sauvez-les, sauvez-les, en applaudissant les médecins et les infirmières, criait à présent protégez-nous, protégez-nous des contaminés !

Les experts se sont retirés derrière les vitrines – la maladie avançait.

La vallée a été mise en quarantaine – la maladie avançait.

Le mur jouait son rôle de grand séparateur, disait ma mère.

Le mur qui divisait peuples | lieux | corps | plantes | animaux.

Le mur qui désignait colons et colonisés.

Le mur qui vantait aux vainqueurs la victoire.

Le mur qui rappelait aux vaincus tout ce qu'ils avaient perdu.

Le mur tant incrusté dans le paysage qu'on ne le voyait plus.

Le mur orné de drones et de caméras de surveillance.

Le mur que l'on croyait impénétrable, si confiant qu'était l'État de la victoire.

Repoussez-les, repoussez-les derrière le mur ! criait la foule.

On a isolé les contaminés derrière le mur – la maladie avançait.

On a fermé les checkpoints – la maladie avançait.

On a bloqué les routes – la maladie avançait.

On a instauré un couvre-feu – la maladie avançait.
On a cloisonné les régions – la maladie avançait.

L'armée est entrée sur la scène.

L'armée a repris sa vocation.

L'armée tirait sur tout ce qui s'approchait du mur.

Colons et colonisés, vainqueurs et vaincus.

Chiens chats chèvres chevaux.

Proies prédateurs charognards oiseaux.

Ceux de l'intérieur qui tentaient la fuite se faisaient abattre.

Ceux de l'extérieur qui montraient le moindre signe du sel ont été largués dans la vallée.

Il fallait endiguer le mauvais vent. Quel est le poids de ces vies contre l'humanité?

Le sel fera ses ravages et disparaîtra une fois étanchée sa soif de corps.

Et des milliers d'hommes de femmes d'enfants ont été décimés, barricadés dans la vallée de la mer Morte.

Les soldats qui surveillaient les séquestrés ont été à leur tour séquestrés.

Arabe Juif Palestinien Israélien Bédouin soldat colon ouvrier touriste prisonnier rebelle, face au sel tous pour une fois égaux.

Victimes et bourreaux, on les a supprimés des cartes.

Victimes et bourreaux rayés de la mémoire des habitants au-delà du mur.

L'État a fermé la vallée à clé.

Le monde a tourné le dos.

Personne n'a entendu les cris de désespoir.

Personne n'a répondu aux supplications.

Il était déjà trop tard.

Le sel, disait mon père, se moque des barrières des murs et des zones tampons.

Le sel ne maîtrise pas le vocabulaire des hazardous materials et d'équipement de protection personnelle.

Le sel ne comprend pas la langue des maîtres.

Ni les maîtres hommes sur les hommes, ni les maîtres humains sur les non-humains.

Le sel ne sait pas compter.

Ni l'argent ni la vie ni la mort.

Le sel ne sait pas trier les ayant tout des ayant rien.

Le sel ne voit ni couleur ni nation ni citoyenneté.

Le sel n'a jamais été convoqué à l'ONU.

Le sel se fout des règles du pouvoir de la guerre de la colonisation.

Le sel est grain parmi les grains.

Face au sel, tout corps est corps parmi les corps.

Chaque fois que le vent se levait, le sel s'envolait. Les tempêtes de sable emportaient le fléau et le déversaient partout sur le territoire. Les gens détalaient dans chaque recoin où le sable ne se rendait pas. Occupaient chaque centimètre où le vent ne soufflait pas.

Un jour, ils sont arrivés dans la vallée.

Les réfugiés des grandes cités, fuyant la dévastation les massacres les cannibales.

Ils disaient : C'est la fin du monde.

Ils disaient : Le sel se répand malgré tout.

Ils disaient : Les gens meurent sans le savoir, les gens tuent sans le savoir.

Ils disaient : Mieux vaut périr du sel qu'aux mains des monstres qui se prennent pour des humains.

Ils disaient : Le monde s'effondre, aussi bien le devancer.

Et nous les avons accueillis, ces réfugiés, avec leurs blessures leurs rêves leurs fantômes.

Tandis que le monde s'effondrait, nous attendions ensemble la mort dans la vallée.

L'internet est parti en premier.

Puis la télé.

La radio.

L'électricité.

Les générateurs se sont tus avec les dernières gouttes de mazout.

Les panneaux solaires et tours éoliennes qui desservaient l'usine de décantation, la base militaire et les colonies sont à leur tour tombés en panne.

L'eau a cessé de couler des robinets.

Pendant des jours et des jours, nous n'étions que souffles coupés.

Gorges écorchées.

Peaux fêlées.

Bras tombés.

Genoux pliés.

Les hurlements se réduisaient en pleurs.

Les pleurs en gémissements.
Les gémissements en silence.
Silence, sauf...
Le sel fouetté par le vent.
Silence sauf...
Le béton craquant sous le soleil.
Silence.
Silence.
Sauf un cri.
Un cri soudain.
Drôle de musique.
L'un appelle.
L'autre répond.
Le vent a changé de rythme.
Le vent a changé de forme.

Les tourbillons se sont mués en grands battements d'ailes.

Le ciel a changé de couleur.

Ce jour-là, les flamants roses sont arrivés.

D'où comment pourquoi ? Personne ne le savait.

Les flamants roses sont arrivés et ont fait leurs nids dans les étangs de décantation abandonnés.

Les flamants roses ont habité ce qui restait de mer autour des anciennes stations balnéaires.

Les flamants roses se nourrissaient de la saumure et pondaient leurs œufs sur les îlots cristallins.

On ne sait comment, la rumeur a circulé.

Les flamants roses sont arrivés.

Le blanc du sel a tourné au rose.

Le craquement du béton s'est fait tambour.

Le sel grésillait sous les pattes palmées, insensibles à son assaut.

Des jours parmi d'autres jours, d'étranges plantes ont pris goût au sel et ont poussé.

Comment survivaient les plantes, personne ne le savait, elles se répandaient. Leurs racines traçaient de nouvelles routes sur le tapis de sel. Si longues et larges que des animaux cachés dans les grottes et les trous de terre lacérée s'aventuraient sur les racines jusqu'au centre du fond marin, fourrageaient et piquaient les fruits des plantes. Quant à nous, les séquestrés dans la vallée, nous attendions toujours la mort.

En attendant la mort, disait ma mère, nous avons d'abord tué et mangé les flamants.

Puisque nous ne mourrions pas, nous nous sommes contentés de nous nourrir de leurs œufs.

Puisque le sel tardait à nous dévorer, nous nous sommes mis à les observer.

À force de les regarder vivre, nous avons appris à vivre comme les flamants.

Et ils ont appris à vivre avec nous.

Ils mangeaient et buvaient ce que nous ne pouvions manger.

Nous mangions et buvions ce que leurs corps digéraient, filtraient et rejetaient. Les œufs les crottes les plumes les algues ramenées de loin collées à leurs pattes.

En attendant de mourir, disait mon père, nous avons appris à écouter les plantes qui poussaient du ventre de l'ancien fond marin, à caresser leurs racines, à remercier leurs fruits, à nous laisser piquer par leurs épines.

En attendant de mourir, nous avons fait le grand trek depuis les ruines des stations balnéaires au sud de la mer Morte jusqu'aux grottes des peuples anciens et oasis cachées parmi les ravins et les dolines au nord.

Nous l'avons attendu, mais le fléau n'est plus revenu.

Nous l'avons attendu, mais le monde dehors n'a jamais fait signe.

Quand Colt le gérant de l'usine de décantation a survécu, personne de l'extérieur ne l'a su.

Quand mon père Maïmoun et ma mère Amana ont survécu, personne ne l'a su.

Quand le général Hor et quelques soldats de son unité ont survécu, personne ne l'a su.

Quand Hypatia la réfugiée de la cité a survécu, personne ne l'a su.

Quand Isaac le musicien et sa trompette ont survécu, personne ne l'a su.

Quand Zeinab la sage-femme a survécu, personne ne l'a su.

Quand Toz l'artisan de beauté a survécu, personne ne l'a su.

Étions-nous guéris ?

Étions-nous immuns ?

Nous ne le savions pas.

Nous savions seulement que nous étions vivants.
Une cinquantaine dans la vallée.
Oubliés.
Alors on a oublié le monde à notre tour.
Ses guerres ses haines ses peurs sa laideur.
On a oublié le monde ses cartes ses routes ses frontières.
On a substitué la vie à la mort.
L'amour à la haine.
Les éléments les choses se sont donné la main.
Le vent à la terre.
L'écho aux mots.
La danse à la langue.

Je m'appelle Alef.

Premier enfant né dans la vallée après l'évaporation de la mer Morte.

Premier enfant du sel.

Premier enfant flamant.

Alef c'est mon nom.

Première lettre de l'alphabet arabe et hébreu.

Fils d'une botaniste palestinienne et d'un rabbin israélien.

Mais personne ne l'a su.

Moi je l'ai su
Je l'ai su
moi
Ankabout

On m'appelle
Araignée Arachné on
m'appelle Ettutu Akavish disent-ils
Ananse on m'appelle
Tule Iktomi disent-ils je
me perche
Perche-moi aux oreilles
oreilles des humains
disent-ils je
conte
fabule
conte
tourne
conte
détourne

Stoppe!

C'est le temps de la vallée

Tout finit. Tout commence. Y a-t-il une date de péremption à la mer, ou une date de naissance? Moi je n'ai pas de date. Je suis né après les calendriers.

— Ta naissance n'a pas de chiffre, me dit ma mère. Ta naissance est un cri. Le premier après la fin du monde.

Alef. Le premier bébé né dans la vallée. Alef. Première lettre de l'arabe et de l'hébreu. Le début le commencement. Fils d'Amana, palestinienne, et de Maïmoun, israélien.

Petit, je sentais les regards sur moi, des regards doux zélés envieux, des regards amoureux. Mais un seul regard comptait. Le regard d'Anath.

Ça, tu le sais déjà, Ankabout, n'est-ce pas? Toi qui tisses le temps. Anath est née juste après moi. Dis-moi pourquoi je n'arrive jamais à la rattraper?

Elle est toujours ailleurs. Un peu à part. Plus heureuse parmi les amas de sel, à dessiner chanter danser à l'aube avec les passereaux babillards. Jouer à la chaise musicale comme ils se plaisent tant à faire.

Anath et moi, enfants, aimions nous cacher pour que les adultes ne nous trouvent pas. Anath, avec sa peau qui brille, est tout sauf invisible. Partout où elle va, elle laisse des traces. Partout où elle va, les vivants viennent vers elle.

Je suis le premier enfant de la vallée, elle est déjà vallée déjà sel déjà plus vivante qu'humaine.

Une fois, nous avions erré longtemps longtemps. Nous avions même échappé à ta toile. Elle devant moi. Je suivais ses pas, balayant le sentier de sel derrière elle. C'était un jeu. Notre jeu. Nous courrions après nos rires. Nos rires rebondissaient dans les ravins. Nous courrions, des papillons dans le ventre. Nous étions dans une grotte camouflée par des rochers tombés du sommet de la colline sans doute il y a des milliers d'années. La grotte nous appelait. Les cornes des ibex grattaient les murs, les sabots tambourinaient. Nous avions suivi le battement.

Venez !

Venez !

Et nous nous étions mis à danser danser dans la grotte.

Enfant, je ne voulais qu'une chose. Danser avec Anath. Être là au fond de ses yeux, dans ce lieu que personne ne pouvait atteindre. Disparaître avec elle, sinon dans les grottes des ibex, parmi les passereaux. Et danser.

épaule contre aile contre épaule
collés collés
tête haut tête bas
collés pas à pas
côte à côte collés collés saute !
saute Anath saute Anath saute !

Anath et moi nous mettions en ligne, à trois à quatre à cinq avec les passereaux. Dès que la danse commençait, d'autres passereaux se joignaient au jeu, tassés les uns contre les autres.

tassés tassés collés collés
caresse contre poussée contre caresse
dansons dansons passereaux
collons-nous — nous nous
caressons-nous — nous nous
poussons-nous — nous nous
rigolons
babillons
bavardons

Nous riions avec les passereaux nous riions.

Ma mère Amana me parlait d'une danse, une danse avant le sel, la danse des oiseaux. La danse des passereaux, Anath et moi étions les premiers à l'apprendre. Tous les enfants de la vallée dansent passereaux à présent. Jusqu'à ce que nos ailes poussent bras, nos pattes s'étendent jambes, nos voix tombent graves.

Anath danse encore. Petite grande elle danse. Quand Anath saute parmi les passereaux, sa taille se rétrécit, ses cheveux noirs tournent au beige-gris, ses bras s'ouvrent ailes, ses pieds trépignent légers.

saute Anath saute!

Elle m'avait chuchoté, une fois, qu'elle avait appris le vrai nom des vivants. Qu'ils lui avaient confié leurs noms car elle ne les trahirait pas. Elle avait neuf ans, moi, j'en avais dix. Anath, aussi bavarde que les passereaux, me raconte ce qu'ils lui disent. Combien nous, humains, les amusons. Nous et nos noms, nous et les noms qu'on s'obstine à leur donner. Les noms d'avant le sel sont les noms les plus drôles, paraît-il.

calo calo caloptère tè–tère
éca éca écaillé yé yé
babi babi babillards ya ya

Ils embêtaient bien les humains ces passereaux, les humains dont parle Hypatia dans ses leçons. Ceux qui aimaient inventer des noms. Les scientifiques les savants les -ologues en tout genre – géologues ornithologues anthropologues zoologues.

Beaucoup trop bienveillants ces petits oiseaux du désert, disaient-ils. Beaucoup trop altruistes, disaient-ils. Mettent trop les besoins des autres avant les leurs. Cèdent trop leur portion de nourriture aux plus faibles. Prennent bien trop soin des oisillons de leurs voisins. Ne se chicanent pas assez pour les femelles. Ne cherchent pas assez à dominer.

C'est drôle Ankabout, c'est comme ça qu'on vit à présent. Comme les passereaux. Pourtant même dans la vallée, ça fait encore parler.

— Les babillards ne se mettent pas assez en valeur, dit Toz, lui qui aime être le plus beau.

— Leur attitude va contre la règle de la survie, dit Colt, lui qui a vaincu la maladie moins une jambe.

— Contre la loi du plus fort, dit Hor, lui qui portait les armes.

Et les passereaux dansent.

Anath m'avait dit qu'elle connaissait son vrai nom aussi, son nom de vivante et mon vrai nom à moi. Les vivants les lui avaient révélés.

— C'est quoi ton nom ?

Elle avait haussé les épaules.

— Et mon nom ?

Elle s'était mise à danser danser tourner tourner, tête haute bras vers le ciel en chantant Ya... Ya... Yah... Dernière lettre de l'alphabet arabe. Le dernier. Est-ce mon vrai nom ? Je m'en fous. J'aime ça. J'aime être le dernier. J'aime le Yah dans sa bouche.

Anath a grandi avec elle-même et les vivants. Moi, avec elle et sans elle. Elle joue avec les passereaux, danse avec les flamants, diamant dans une mer rose. Elle court parmi les fourmis, une feuille légère sur le dos des fourmis elle flotte, les fourmis arpentent son corps et elle n'est plus qu'une silhouette noire couverte de mille têtes mille pieds.

Nous avons grandi ensemble, entre la grotte jamais retrouvée, les noms secrets qu'elle seule connaissait, les rires des passereaux perdus dans la vallée, le sel qu'elle transforme en dessins, puis en fresques, puis en sculptures. Toujours ce Yah dans sa bouche. Ce Yah qui a résonné comme un long gémissement la première fois que nous nous sommes aimés.

Yaaaaaaaaaaaaaaah...

Yah
yah
yah
Ankabout ?
Tu entends ça ? C'est la voix des enfants.
Il faut y aller, la leçon d'Hypatia va commencer.
Ankabout, es-tu toujours là ?

— Les amas de sel avaient mille et un noms. Noms donnés par des savants, noms donnés par des conteurs, noms donnés par des croyants, noms donnés par des marchands.

Hypatia raconte et la cave résonne :

Noms
 noms
 noms

Les enfants répètent : Savants.

Ça rigole comme des éclats de maïs.

Les enfants répètent : Conteurs.

Je dis : Kaann ?

Les enfants répondent : Ya makaann ! Il était un lieu lointain lointain !

Fi Qadîm ?

Al-Zamaann ! Il était un temps longtemps longtemps !

— Kaann ya makaann, oui, le sel surgissait du ventre de la mer Morte. Comme jamais avant, reprend Hypatia. La mer Morte criait vivante. Vivante. Je suis vivante !

Nous sommes vivants, vivants !

Les enfants lancent des rires excités. Les rires grimpent dans l'air. Haut plus haut sur le fil de l'écho, les rires chatouillent la toile d'Ankabout.

— Vous riez, hein ? On la croyait vraiment morte la mer.

Morte la mer
  morte la mer
morte la mer

— Comme on croyait que les vivants ne parlaient pas.

Ankabout descend doucement le fil des rires et des vibrations. Son glissement fend les ondes. Certains des enfants, plus sensibles que les autres, se touchent l'oreille, d'autres cherchent des yeux l'imperceptible déchirure. Hypatia a appris la langue des vivants sur le tard. Ce n'est pas sa faute. Elle est la dernière à savoir qu'Ankabout est là. Parfois pas du tout. Elle poursuit sa leçon comme si de rien n'était.

— Alors on inventait toutes sortes d'hypothèses. Vous savez ce que veut dire « hypothèse » les enfants, oui ?

Ils font des oui de la tête. Des oui saccadés. Des têtes montent d'autres descendent. Des visages tournent à gauche d'autres tournent à droite. Les oui dansent la danse des flamants à la fois seuls et ensemble. Peu importe combien de fois ça arrive, Hypatia ne s'y habitue pas. Elle me fait une drôle de grimace. « Ces enfants passent tellement de temps avec les flamants, ils vont finir par pousser des ailes et tourner en rose », me dira-t-elle après la leçon, comme d'habitude.

Humaine
  humaine
trop humaine

Je lève le regard vers Ankabout.

Ne la provoque pas ! lui dis-je dans ma voix intérieure.

En vain. Hypatia l'a bien entendue cette fois. Elle pousse dans l'air un sifflement strident qui scie les ondes et fait trembler la toile d'Ankabout. Elle en a gros sur le cœur contre « cette peste d'araignée » qui s'immisce dans toutes les leçons. Hypatia me semble plus vieille. Elle est déjà fatiguée après une heure d'enseignement. Comme si son corps s'était rendu compte de son âge et avait fait un saut pour se rattraper.

Vieille vieille on
m'appelle
vieille
femme
sage

J'ouvre la paume. Ankabout s'installe au creux de ma main. Sa voix résonne à travers ma peau.

— Hypothèse ! annonce Hypatia, rompant la petite musique d'Ankabout. Hypothèse, c'est quand on imagine les réponses aux questions et qu'on les teste ensuite au laboratoire.

Les enfants se tournent vers le coin de la grotte où Hypatia a placé les outils de labo qui ont survécu à la fin du monde : béchers, bouteilles de réactif, éprouvettes, porte-éprouvettes, compte-gouttes, il y a même un bec Bunsen – il ne fonctionne pas – flacons, entonnoirs... Ankabout n'est pas moins malicieuse qu'Hypatia. Elle s'arrange pour couvrir les outils poussiéreux de ses toiles durant la nuit. Les mots les voix y restent piégés. Chaque matin, Hypatia est obligée de faire le ménage.

— Et si la réponse n'est pas la réponse ? demande Bahr, le plus curieux du groupe.

— On invente des histoires.

— Comme quoi ?

— Comme celles que raconte Amana, rétorque Sama à côté de Bahr.

— La vérité...

Hypatia hésite un instant.

— C'est qu'on avait peur.

Peur
peur
peur

Un frisson traverse la toile. Sama se frotte les épaules. Bahr grelotte de froid.

Hypatia la plus forte. Hypatia qui a une solution à tout. Hypatia a peur ?

Les enfants ouvrent grand les yeux.

— Le sel s'accumulait s'accumulait.

S'accumulait le sel
sel
sel

Ankabout tourne sur elle-même, tisse dans ma paume un cocon de soie. Un cocon poudré de sel, un cocon comme les dunes comme les amas comme la palissade qui sépare le fond marin de la rive.

— Au début, ça ressemblait à des sourires sur le sable. La mer reculait et laissait derrière elle un tracé blanc. On l'appelait comment les enfants ?

— L'ourlet de la mariée ! déclare Sama.

— C'est quoi une mariée ? demande Bahr.

— Vaut mieux demander ça à Maïmoun, lâche Hypatia.

— C'est comme Alef et Anath ? tente Sama.

Les rires se muent en murmures complices. Ankabout remonte le long de mon bras. Elle n'est pas loin maintenant. Tout près de mon oreille.

Hypatia vient à mon secours.

— Vous m'écoutez ou pas ?

— Ouiiii, crient d'une seule voix les enfants.

Ankabout se cache du bruit derrière mon oreille.

— Le sel s'accumulait et s'accumulait, répète Hypatia en pesant chaque mot pour rétablir la cadence. Comme ça.

Elle dessine des vagues avec ses mains. Les enfants l'imitent. De petites mains flottent dans l'air comme des navires.

Je me demande, Ankabout, d'où vient cette image. Non, dis-moi d'où leur vient ce geste ?

Elle émerge et s'accroche au lobe de mon oreille. Aucun son n'émane de son petit corps. Sa voix n'est pas une voix. Sa voix est une onde. Ç'avait pris longtemps aux premiers survivants avant de le comprendre. Nous, les enfants de la vallée, sommes nés avec la langue des vivants. Cela dit, ni moi ni eux n'avons jamais vu de navires dans la mer, encore moins des navires portés par les vagues.

Yeux sans
  yeux humains
  sans yeux vous
verrez

La voix d'Ankabout trémule. Je pense tout à coup à Colt qui se plaint des douleurs dans sa jambe. La jambe qui n'existe plus. Sa jambe fantôme qu'il sent sans la voir. C'est de ça qu'elle parle quand elle m'ordonne de voir sans mes yeux ?

— L'ourlet devenait de plus en plus épais et de plus en plus haut.

La voix d'Hypatia coupe encore la vibration.

— Très vite, une barrière de perles de sel séparait la plage de la mer, l'ancienne mer, je veux dire.

— Pourquoi on les appelle perles, Hypatia ? demande Bahr.

Je déniche un livre sur la vie marine du fond de la Cave aux lettres. C'est ici qu'habite Hypatia, entourée des livres tirés saison après saison des ruines de la bibliothèque d'Ein Gedi au bas de la colline. J'ouvre sur une page montrant l'image d'un pêcheur qui détache une perle d'une huître.

Des ooh et des aah fusent dans la grotte. Ankabout se balance, bercée par les voyelles.

— Les perles de sel ne ressemblent pas à ça, déclare Bahr.

— T'as raison, je réponds, c'est pas les mêmes perles. Celles-ci ne fondent pas dans l'eau. Elles viennent de ce qu'on appelait le Golfe.

— Le Golfe ? C'est quoi un golfe ?

Sama roule les yeux. Bahr et ses questions interminables. Le reste de la classe s'agite. La danse des flamants s'effrite peu à peu. Hypatia frappe le couvercle d'acier qui sert de cloche avec sa baguette rouillée. La bombe sonore projette Ankabout dans l'air. Le cocon dans ma main se défait. Un fil brille à travers la cave. Les enfants couvrent les oreilles de leurs paumes et ferment les yeux. Hypatia oublie combien ils sont sensibles au son. Naître avec la langue des vivants fait ça.

— Qu'est-ce que je disais donc ?

— Le sel s'accumulait s'accumulait, avance Sama en lorgnant Bahr.

— Ah oui... vite, c'est devenu un mur. Au début ça nous aveuglait. On n'était pas encore habitués.

Les enfants échangent des regards incrédules. Les mains tombent avec le son qui s'éteint.

— On savait pas comment arrêter la chose, pas les savants pas les croyants pas les marchands.

Savants

Croyants

Marchands

Le chant et la danse reprennent de plus belle.

— Et les conteurs ? demande Bahr.

— Ah oui eux, ils inventaient histoire après histoire, des kaann ya makaann à n'en plus finir ! réplique Hypatia.

— C'est mauvais de raconter des histoires ? Amana nous en raconte plein. Elle dit que c'est important, fait Sama, dubitative.

— Oui, bien sûr que c'est important, sauf que..., balbutie Hypatia, embêtée. En tout cas ! Le sel s'accumulait. Il barrait la vue à la mer et plus elle s'évaporait, la mer, plus elle déposait du sel sur la plage. Les amas étaient devenus des dunes tellement hautes par endroits que nous nous sommes mis à y creuser des tunnels et des canaux afin d'atteindre la mer.

— Comme le fait Isaac ?

C'est rare qu'Ulna intervient durant la leçon. À part quand il s'agit de construire et de fabriquer des choses. Faudrait qu'elle passe plus de temps avec Isaac. Hypatia, au bout de sa patience, se met à parler plus vite. Sa voix remplit l'espace, étouffe l'écho avant qu'il ne se répande.

— Bien plus tard, nous avons sculpté des marches pour escalader les dunes de sel et traverser vers le fond marin sans tomber dans les gouffres et les crevasses. Bien bien plus tard, nous avons gravé nos visages nos paysages nos souvenirs sur les chemins et les murs. Comme ça quelqu'un les retrouvera après nous, et d'autres raconteront notre histoire.

— C'est ce que fait Anath avec ses sculptures, n'est-ce pas Hypatia ? demande Alula d'une petite voix.

— Exactement, confirme Hypatia.

Visages captivés dans la grotte. La conteuse qui a le don de transformer l'univers en légende est de retour.

— Avant la fin du monde, avant l'évaporation, avant la mort du premier enfant du sel et la naissance d'Alef, premier enfant de l'après-monde.

Avant

Avant

Avant !

Les enfants me fixent.

— Des scientifiques des sept îles de la planète visitaient la mer, fascinés par les colonnes de sel. Ils nommaient catégorisaient archivaient analysaient. Il ne leur manquait jamais de mots, eux, et les histoires qu'ils racontaient sur la mer refoulaient le temps jusqu'au début de la vie sur Terre. Ce sont leurs livres qu'on lisait à l'université...

— Pourquoi pas les tiens Hypatia ?

Sama, toujours aussi perspicace.

— Parce que comme ça. Les gens ne lisaient pas dans d'autres langues que les leurs.

Le « OH ! » unanime des enfants soutire à Hypatia un sourire.

— Eh ben oui ! Vous imaginez ? Ne parler qu'une ou deux langues ? Pfft ! Et ils ne comprenaient même pas la langue des vivants.

— Ils ne parlaient pas à Ankabout ?

Hypatia ne peut s'empêcher de fixer le coin de la Cave aux lettres au plafond où Ankabout s'est retirée.

— Non. Ils étaient insensibles aux vibrations.

— Même pas aux flamants ?

— Non plus. Ils ne savaient pas danser.

— C'est peut-être les flamants qui ne voulaient pas danser avec eux ! opine Sama à la énième question de Bahr.

— Il n'y avait pas de flamants, tranche Hypatia.

Onde de choc. Pas... pas de flamants ?

— Euh... ils faisaient quoi alors ?

Sama, enfin à court de réponses.

— Ils arrivaient avec leurs questions et creusaient le fond de la mer. Pourquoi elle est comme ça la mer? Est-elle vraiment morte? Cache-t-elle la vie? Ils examinaient la mousse avec des gants, plongeaient dans l'eau en maillots épais, avec des masques et des bonbonnes d'oxygène.

Pendant qu'Hypatia raconte, je montre les images déjà fanées des anciennes expéditions avec ces drôles de figures couvertes de la tête aux pieds.

— Ils portaient toutes sortes de choses pour se protéger, explique Hypatia. Une gorgée de la mer Morte pouvait tuer les idiots qui ne savaient pas garder la bouche fermée.

Elle a dit «idiots» chuchotent les enfants entre eux, enchantés par le juron de la femme la plus sérieuse de la vallée.

— Bon! On s'arrête là aujourd'hui.

Un N-O-O-O-O-N collectif retentit. La toile d'Ankabout vole en éclats. Elle s'accroche à un fil pendant que les ondes la font culbuter à travers la grotte. Je plaque les paumes sur le mur de pierre. Sama, Ulna, Alula et Bahr se lèvent à leur tour et font pareil. Les vibrations entrent dans les doigts, courent le long des veines, chatouillent les cœurs, jusqu'à ce que la tempête sonore se calme et qu'Ankabout trouve pied dans un autre coin de la cave.

Hypatia, debout elle aussi, prend appui sur sa béquille et place sa paume sur le mur à côté de Bahr.

— On veut savoir ce qui est arrivé aux scientifiques, chuchote Bahr, soucieux de ne pas perturber encore Ankabout.

— Shhhh... demain, dit Hypatia en gardant la voix basse. Allez. Amana vous attend dans le jardin.

Les enfants sortent sur la pointe des pieds.

Je cherche Ankabout. Elle a disparu.

— J'ai envie de les prendre par les épaules et les secouer, m'avoue Hypatia après la leçon. Ils n'ont aucune idée. Ils n'ont jamais connu le monde avant le sel.

— Moi non plus j'ai pas connu ce monde.

Hypatia me caresse la joue comme elle le faisait quand j'étais gamin.

— C'est vrai, tu es le premier, c'est ta chance et ton malheur, mon enfant flamant. Je vous envie, les jeunes. Vous n'avez jamais vu la terreur dans les yeux des humains. Votre monde est peuplé des sculptures d'Anath et des contes d'Amana.

— De tes contes aussi, Hypatia.

Elle sourit.

— Pour vous le sel n'a jamais tué personne. Pour vous le sel c'est de l'art. Pour vous le sel, ce sont les passages et les labyrinthes que vous empruntez pour fourrager, visiter vos flamants jumeaux, fuir les tâches, jouer à cache-cache au creux des rochers. Le sel, c'est votre jardin.

Je ramasse les livres en silence. Hypatia veut me transmettre tout ce qu'elle sait. J'ai l'impression parfois que c'est plutôt tout ce qui lui fait peur. Je me demande comment raconter aux petits l'histoire sans y déposer les doutes des grands. J'ai vingt ans. On me dit que c'est un bel âge. À vingt ans, on a l'avenir devant soi. À vingt ans, on a la fougue des flamants à leur envol, sans le poids de la peur et des regrets. Innocents. S'il y a une chose que j'ai apprise d'Hypatia, c'est que l'innocence a tué bien plus de monde que le sel.

Hypatia boite. Son visage se crispe dès qu'elle se lève ou se rassoit. À cause de sa chute, elle ne peut plus accompagner les enfants dans les sarha. Elle m'a demandé de faire les excursions à sa place.

— Alef j'ai besoin de toi. Tu dois t'occuper des sarha. C'est temporaire, m'avait-elle assuré.

C'était il y a trois mois.

Trois mois à partir avec les enfants et à les confier à la vallée.

Trois mois à espérer qu'à la fin de la journée, ils reviendraient.

C'est un cadeau et un fardeau. Ceux qui font la sarha disparaissent parfois. Apprendre à se perdre volontiers, se laisser guider par les sentiers invisibles. Céder sa vie à la vie, s'abandonner à la vallée... Revenir moins humain. C'est la seule façon d'être vivant parmi les vivants.

Ç'avait commencé avec le trek des survivants, le long chemin vers le nord de la vallée pour échapper à la mort. Chemin sur lequel les flamants avaient parlé aux humains. Et les humains les avaient entendus. Le trek est devenu traque, la traque fourrage, le fourrage promenade, la promenade errance, l'errance sarha. De sarha en sarha, moins humains, de sarha en sarha, plus vivants.

Comme les vivants, nous arpentons la vallée en clandestins. Comme les vivants, nous perdons repères et croisons parfois la mort parfois la vie. Chaque sarha est un deuil et une renaissance. Un enfant qui n'a pas été emporté par la sarha n'a pas encore habité la vallée.

Hypatia les accompagnait jusqu'à la chute de Wadi Al-Khabat. La suite appartenait à chacun chacune et à la vallée. C'est ce que je fais à mon tour. C'est comme ça qu'on a grandi, nous les enfants de la vallée. Si l'un ou l'autre ne revient pas, on part à sa recherche jusqu'au coucher du soleil. Après le coucher du soleil, on le cède à la vallée. Nous dansons alors la danse des flamants. Nous fêtons les revenants et les disparus.

Anath et moi, enfants, rêvions de nous perdre pour toujours, cachés dans notre grotte secrète. Il n'y en avait pas une qu'Hypatia n'avait pas cartographiée. Celle que nous avions trouvée durant notre première sarha, personne à part les ibex la connaissait. Hypatia étant Hypatia, elle nous avait traqués malgré mes tentatives de dissimuler la piste de sel que laissait Anath derrière elle. C'était après le coucher du soleil. Hypatia avait brisé la promesse de nous céder à la vallée. Notre sarha n'avait aucune chance contre la détermination d'Hypatia. Elle n'a jamais avoué au reste des habitants qu'elle nous avait traqués, n'a jamais mentionné la grotte. Elle nous avait forcés à quitter la grotte et à la devancer vers Ein Gedi. Et nous étions revenus dans les bras de nos parents.

Nous ne sommes plus des enfants. Ni Anath ni moi. La peau d'Anath brille toujours, et on la cherche encore cette grotte. Malgré les trous qui s'ouvrent dans la terre et qui transforment le paysage, malgré les rochers qui tombent encore et bloquent le chemin. Chaque fois que nous partons en sarha, on la cherche en espérant y réclamer ce que Hypatia nous avait volé : la chance de partir avec les ibex et de ne jamais revenir.

Je m'apprête à quitter la cave quand Hypatia reprend la parole.

— On était innocents, tu sais, dit-elle en s'asseyant sur le bord du lit.

Isaac, le père d'Anath, l'avait bricolé juste pour elle. Dormir à même la pierre sur le vieux mat de roseaux était rendu trop éprouvant. Même avec la couche de plumes de flamants.

— Quelle bande de cons, plus hmar que ça tu meurs ! lâche Hypatia.

Elle se confie à moi. Me confie ses colères. Me confie ses regrets.

— Nous tous en fait, ou plutôt, nous refusions de voir. Ah Alef, le nombre d'escapades que j'avais faites, jeune géologue à la vallée, le sac plein d'éprouvettes, d'instruments d'analyse et d'outils pour extraire les échantillons de sel, excitée à l'idée de revenir chargée de mes spécimens, comme si la mer et ses énigmes n'avaient comme raison d'être que de satisfaire ma curiosité.

Elle contemple son triste laboratoire.

— Tipsha que j'étais. Arrogante. Stupide. Naïve! siffle-t-elle en giflant l'air.

Sa main happe la pile de livres que je viens de déposer sur le chevet. Hypatia continue son monologue, sans prêter attention au désordre.

— Les amas de sel s'effondraient, ils recouvraient la surface de l'eau. L'idée qu'ils puissent nous être fatals... Quelle folie! Pire, que les cadavres de mes collègues et amis allaient tapisser aussi la plage. Que j'allais être, moi, la seule survivante. Malgré mes instruments et mes instincts. Malgré les mille et un signes, je n'avais pas vu venir la catastrophe.

Elle me dévisage, les larmes aux yeux.

— Je ne l'ai pas vue venir, Alef.

— Hypatia, c'est du passé.

— Non ça ne l'est pas. Alef, écoute-moi, bientôt, tu vas prendre ma place.

— Non...

— Écoute-moi bien. Ne fais pas la même erreur que moi. Ne sois pas aveugle. J'avais trente-cinq ans, bourrée de diplômes, des postes qui m'attendaient à l'université, je dirigeais un labo. La géologue principale sur le projet du Green Blue Deal.

— Hypatia, tout ça n'existe plus. Ça n'a rien à voir avec moi.

— Non, ç'a tout à voir, Alef.

Elle place ses deux mains sur son ventre.

— T'imagines? J'allais, moi, Hypatia, nommée après l'une des grandes philosophes femmes que l'histoire a retenues, résoudre le problème de l'eau potable en Palestine, raviver l'écosystème du Jourdain, sauver la mer Morte de l'évaporation et comme ça, on allait enfin avoir la paix. Oui, moi, j'allais résoudre tous les problèmes de cette terre. Pas moins que ça.

Elle lâche un rire amer. Je m'approche et l'aide à s'étendre sur le lit. Par ces temps, un rien l'épuise. Elle soupire encore en fixant le plafond de la grotte. Comme s'il n'y avait pas de pierre, mais un grand puits au fin fond duquel lambinait sa mémoire.

— Nous sommes comme cette Cave aux lettres, Alef. Habités par des fantômes. Mon corps est strié d'histoires et de regrets. Tu sais pourquoi on l'appelle la Cave aux lettres ?

Je fais non de la tête.

— Ça vient du temps d'avant le sel. Bien avant le sel. Avant avant même l'État. Avant avant avant... À l'époque des Romains. C'est ici que se cachaient les rebelles. Ils avaient laissé des centaines de missives dans cette grotte, des archives, même des contrats de mariage. Des bribes de la vie quotidienne. Des échos. Des cris. Parfois des pleurs. J'entends ses pleurs.

— Les pleurs de qui, Hypatia ?

— C'est tout ce qui reste. Dans les murs, dans l'air humide de la grotte. Je les entends la nuit. Ses pleurs. Ils ne me laissent pas tranquille. Ankabout les a piégés dans sa toile. Elle sait tout. Elle me torture. Elle en sait trop. Trop.

Hypatia caresse son ventre sans quitter le plafond des yeux. Je m'assois à mon tour à son chevet. Plus question de partir.

— Je me faisais une fierté de choisir les terrains de recherche les plus difficiles, tu te rends compte, Alef? Occupation? Révolution? Colonies? Murs? Checkpoints? Attentats? Bof! Bof! Et bof! Je n'avais pas un pas deux j'avais trois passeports : l'israélien (merci la mère), le sud-africain (merci le père), le canadien (merci le mari) et si je le voulais, j'aurais pu avoir aussi le palestinien (merci l'amant). Pourquoi pas ?

Elle rit encore. Je l'aide à glisser ses pieds sous la couverture. J'aurais voulu la voir dans sa couleur originale. Elle devait être belle la couverture. Vintage des hôtels cinq étoiles qui dans les premiers mois de l'évaporation, me raconte ma mère, s'étaient transformés en prisons, puis en morgues. Mes parents et les premiers survivants ont manqué de tout sauf de literie, paraît-il, tellement il y avait d'hôtels autour de la mer Morte. Le mot *hôtel* sonne tout aussi bizarre aujourd'hui que lorsqu'on me l'a appris... Bizarre comme le mot *passeport.*

— Oui... J'avais tous les passeports. Mieux encore, j'avais des permis qui me donnaient accès aux lieux contrôlés par l'armée israélienne, et j'avais développé de bonnes relations avec les archéologues et géologues palestiniens et jordaniens. Regarde-moi, Alef, regarde-moi ce visage.

Elle me tient le menton, m'obligeant de lui faire face.

— Tu vois ça? Les yeux verts pour ceux qui cherchent la Blanche, la peau olive pour ceux qui cherchent l'Arabe ou la juive, les boucles tellement souples qu'on me lançait des phrases en espagnol ou en italien, couleur châtain aussi ambiguë que le reste de moi.

Je lui enlève doucement la main. Elle se regarde dans le miroir brumeux suspendu tout près du lit comme pour vérifier si sa description d'elle-même tenait encore. Le miroir, l'une des trouvailles de Toz. Il refuse d'abandonner entièrement les stations balnéaires, il arrive encore à y débucher des produits qu'il considère « essentiels » : crèmes pour la peau périmées parfums miroirs peignes maquillage... Sarha ou pas, Toz, pédicure dans une autre vie, tient à sa part humaine. Il dirait sûrement que personne n'est plus vaniteux que les vivants, avec leurs plumes les motifs sur leurs fourrures leurs danses leurs parades... Il n'aurait pas tort.

Je regarde le visage d'Hypatia, je l'imagine à mon âge. Une femme qui avait le monde à ses pieds.

— Hypatia-Sarah Slama-Gillespie. C'est mon nom. Vas-y, choisis l'origine qui te plaît ! Je pouvais être qui je voulais et me promener partout partout. Ah Alef, comme j'aimais mes promenades, sarha avant la sarha... Dès que le soleil se couchait, le vent émoussait les cristaux de sel et les dispersait. Les habitants détestaient ce vent. Les nuits des grandes bourrasques, il neigeait du sel. Les cristaux dansaient, ils planaient dans le ciel comme la queue d'un astéroïde. D'autres jours, ils dessinaient des spirales. Le spectacle était d'une telle beauté que j'oubliais... J'oubliais. Plus on décantait la mer, plus on produisait de la potasse pour les engrais. On suçait la mer comme des vampires. La saumure s'envolait avec le vent, détruisait la terre arable. Et qu'est-ce qu'on faisait ? On déversait encore plus de produits chimiques. Des souris dans un rouet. Plus rien ne poussait. Je n'avais jamais imaginé ce qui allait suivre. Ce que je devrais sacrifier...

Un sourire triste se dessine sur son visage.

— Le pire, Alef, c'est que le sel était beau tellement beau... Il est toujours beau. N'est-ce pas ? Dans le ciel, quand il s'envole, on dirait la Voie lactée. Tu vois l'ironie, mon Alef ? Toi tu n'as jamais manqué d'étoiles, de vraies étoiles. À tes yeux à toi, aux yeux des jeunes, la Voie lactée c'est ce qu'il y a de plus normal. Dans mon temps, il y avait tant de pollution qu'on ne voyait plus rien. Les trombes de sel étaient ce qu'il y avait de plus proche de la galaxie. Pendant que les habitants pestaient et tentaient tant bien que mal de protéger leurs récoltes, les touristes se cassaient le cou à force d'admirer la danse du sel. J'étais pas mieux. Tout aussi aveugle. Je savais que le lendemain le sol serait couvert de sel. Et partout autour, des agriculteurs se réveilleraient le matin la tête entre les mains, découragés. On creusait notre tombe. On creusait notre tombe et celle de nos enfants, Alef. Et toi tu y es né. Comme elle, ma... Je...

Elle se tourne vers moi, sans rencontrer mes yeux. Une ombre passe sur son visage.

— Hypatia ?

— Me pardonnera-t-elle, tu penses ?

— Qui, Anath ?

Son regard flotte quelque part par-dessus mon épaule. Je pivote à mon tour pour voir à qui elle parle.

Personne.

— Il n'y a rien à pardonner, Hypatia. Tu sais combien Anath et moi, on t'aime.

— Oui, aime, Alef. Aime. C'est la seule chose qui compte.

Elle ferme les yeux.

Je remonte la couverture sur son corps frêle et je sors.

L'Hypatia de mon enfance racontait, comme ma mère, sans ironie, sans impatience. Ensemble, elles transformaient la mort de la mer en épopée. Hypatia nous parlait des géologues et des biologistes qui accolaient des noms latins à la mousse et décortiquaient la constitution chimique des colonnes de sel. Amana, ma mère, nous parlait des historiens et des archéologues qui frappaient aux portes des habitants de la vallée, les arrêtaient au marché. Ils enregistraient les contes et les légendes et rentraient chez eux écrire leurs propres récits. Les bergers arpentaient les collines, les paysans cultivaient les dattes, les ouvriers travaillaient à l'usine de décantation... Elles racontaient et je trouvais ma place dans l'histoire.

J'entends la voix de ma mère comme une prière. Durant les soirées de dhikr, les gens de la vallée se rassemblent dans la Cave de la mémoire et se souviennent, les uns du temps d'avant, les autres, de ceux et celles que l'on a perdus en chemin. Sa voix guide le cercle.

Elle ferme les yeux et les mots résonnent. Ça doit être à ça que ressemblaient les psaumes dans les messes, ou les sourates dans les mosquées. Je surprends Maïmoun, mon père, à balancer le corps.

— Avant, commence Amana... Avant que le sel n'anéantisse les frontières entre envahisseurs et envahis, soldats et prisonniers, possédants et dépossédés, déracinés et indigènes, faiseurs de guerres et faiseurs de paix, faiseurs de miracles et faiseurs de cauchemars.

— Avant, nous répétons, bercés par sa voix.

— Avant qu'il n'abatte, le sel, politiciens colons et militaires qui se disputaient chaque centimètre de cette terre, avant qu'il ne réduise en miettes entrepreneurs et chercheurs d'or qui tiraient du sel argent richesse et pouvoir...

— Avant, nous déclarons à l'unisson.

— Avant qu'il ne dévore les touristes de la dernière chance qui débarquaient en shorts maillots et crème solaire pour voir mourir la mer et le sel ériger son royaume à sa place.

— Avant !

— Le sel les épiait comme il nous épiait. Ceux qui faisaient des tours en bateau entre les colonnes géantes, les effleuraient des mains et riaient quand le sel fondait sur leurs doigts tout à coup gras et glissants.

— Avant !

— Il les écoutait comme il nous écoutait. Ceux qui laissaient échapper des cris de douleur quand le sel touchait à une blessure ou lorsqu'ils se frottaient bêtement les yeux avec leurs doigts mouillés.

— Avant !

— Il les attendait comme il nous attendait. Ceux qui posaient un pied sur les croûtes de sel flottant sur l'eau en évoquant phoques et ours polaires. Ils changeaient vite d'idée lorsqu'ils se rendaient compte combien elles étaient fragiles et instables.

— Avant !

— Il les lorgnait comme il nous lorgnait. Ces visiteurs qui attachaient à la mer leurs propres mots et leurs légendes. Ils fixaient les colonnes de sel et disaient : icebergs. Non ! Celle-là ressemble plus à une banquise. Regardez les bordages !

— Avant !

Peu à peu, chacun introduit sa part du récit. Les voix se tressent se tissent se retissent. Se mêlent les souvenirs, petits grands tristes et parfois franchement drôles.

— Avant...

— Avant...

— Avant !

— Le sel le savait, reprend alors ma mère, ceux qui racontent ne mourront jamais.

— Jamais !

À ma mère d'accrocher à la toile de nos souvenirs la plus belle fable :

— Vous vous demandez pourquoi nous parlons tant de langues. Pourquoi notre petite vallée se retrouve dans tant de contes. C'est qu'il y a un conte pour chaque grain de sel. Bien avant le sel avant la fin du monde et la renaissance du monde.

— Avant !

— Avant les flamants.

— Avant !

— Il y a toujours eu des contes sur la mer et la vallée. Il faudrait des milliers d'années encore avant qu'on épuise tous les noms et toutes les histoires de la mer Morte.

— Avant !

— Qu'elle meure et meure et meure la mer restera toujours la mer. Le sel n'a pas tué la mer.

— Le sel n'a pas tué la mer ! s'élèvent les voix, revigorées.

— Le sel a révélé son vrai nom. Par ce nom, le sel nous a donné une nouvelle histoire. Nous sommes le peuple du sel.

— Nous sommes le peuple du sel !

— Le sel est notre sauveur. Le sel a amené le vent. Le sel a amené les flamants. Le sel nous a appris sa danse. Le sel nous a fondés. C'est grâce au sel que nous sommes ici.

— Ici !

— Ensemble.

— Ensemble !

— Vivants !

Les soirées de dhikr introduisent comme ça un air de magie dans les histoires d'avant l'évaporation. Nous faisons vibrer nos voix, comme Ankabout, et elle vient se percher à mon oreille. Elle se balance de son fil, alors que mon père Maïmoun tangue. Dans ces moments, nous sommes vraiment vivants.

Certains ne les aiment pas, les dhikr. Ils rappellent trop les sermons des missionnaires et des divins. Hor refuse même d'y être. Les soirées de dhikr, il va le plus loin possible vers le mur qui entoure la vallée, sous prétexte de préparer la visite des enfants, de chasser les prédateurs ou encore de placer des pièges. Il ne revient qu'à l'aube. D'autres ont peur de revenir au temps d'avant. Ils disent que la Cave de la mémoire s'appelait autrefois la Cave des horreurs. Ils disent des massacres y ont eu lieu il y a des millénaires. Pourquoi déranger les morts? Se souvenir quand on a été oubliés? Donner au sel ce qu'il n'a jamais demandé?

Anath n'aime pas les dhikr non plus. Dhikr veut dire nommer, rappeler, tient-elle à souligner. On nomme trop les choses. Si c'était d'Anath, elle ne nommerait plus rien. Ni les vivants ni les morts ni les objets ni les langues ni les histoires. Elle vivrait volontiers sans mots.

Nommer
  sans nommer
 nommer

Anath a toujours une réponse, n'est-ce pas, Ankabout?

Elle me chatouille le lobe d'oreille.

Moi, j'aimais les dhikr, enfant, pour tous les mots que je ne connaissais pas. Ces mots qui n'existent que dans la mémoire.

Mémoire
  mémoire
 mémoire

Iceberg banquise bordage – ces mots renvoyaient à des univers lointains. J'enjambais tel un ibex le flanc de la montagne, de la grotte jusqu'à la plaine et je fouillais les rayons poussiéreux de la bibliothèque d'Ein Gedi. Le lieu même où Amana avait trouvé Hypatia, entre vie et mort. Je dénichais un livre ou deux sur les peuples du Nord et les paysages éloignés de notre vallée. Parfois le livre est en arabe parfois en hébreu, il y en a aussi en anglais en allemand en yiddish en russe... Sans compter les langues « latines » comme les appelle Hypatia. C'est l'avantage de survivre à la fin du monde dans une ancienne station balnéaire. Ceux qui sont morts ont laissé traîner des romans dans toutes les langues, des carnets, surtout des guides. On a transporté bon nombre de livres dans la Cave aux lettres, chez Hypatia, par crainte qu'un gouffre ne s'ouvre sous la bibliothèque et n'avale notre seul lien aux savoirs des ancêtres. Ein Gedi s'enfonce dans la terre. Les parties qui sont toujours accessibles sont couvertes d'une épaisse croûte de sel.

Dans notre grotte à nous, il y a une étagère pleine de dictionnaires, un pour chaque langue parlée dans la vallée. Chaque semaine, nous nous rassemblons chez Hypatia et échangeons dans l'une des seize langues. Même si j'attends ces rencontres impatiemment, ni le dictionnaire ni les envolées passionnées de Hypatia sur les racines communes des langues et les vers poétiques qu'elle nous demande de traduire ne me suffisent comme avant. Elles n'ont plus le même effet qu'elles avaient sur moi plus jeune.

Je voudrais entrer dans les mots, me nicher dans les mondes qui se cachent entre les lettres, plonger dans la rondeur des voyelles et arriver de l'autre côté du globe. Glisser le long des s jusqu'à me trouver au-delà de la vallée.

Malgré le risque d'un effondrement à tout moment, je fouine comme une souris dans les ruines de la bibliothèque d'Ein Gedi pour les encyclopédies à moitié rongées et les livres illustrés. Je tombe sur un roman ou un récit de voyage, ou mieux, un livre de légendes sur les lieux les plus loin de moi. L'Arctique l'Antarctique le Grand Nord... Les mots rebondissent sur ma langue.

Nord
 nord
 nord

Je me mets à imaginer les banquises les bordages les icebergs. Leurs formes, la sensation de toucher le froid, s'ils existent encore là-haut.

Je me demande, Ankabout, si, comme ici, les humains se sont réfugiés sous des coupoles après l'évaporation et ont laissé la glace et le sel se répandre partout. S'il y avait des indigènes aussi et des colons. Ma mère raconte que partout dans le monde il y a eu des indigènes dépossédés par des conquérants et qu'il y en aura tant qu'on se comportera comme les maîtres de la Terre.

Terre
 terre
 terre

Je me demande, Ankabout, si dans l'Arctique ces icebergs qui ressemblaient tant aux montagnes de sel de notre vallée avaient aussi des contes aux fins tristes. Dans tous les contes d'avant l'évaporation, les colonnes de sel inspirent des légendes terrifiantes.

Pourquoi la beauté appelle-t-elle ainsi à la terreur, dis-moi ? Pourquoi fait-elle si peur la beauté ? Il y a la légende de la cité de Lotte, ses habitants transformés en des sculptures de sel, l'effroi greffé sur leurs figures face à la colère de Dieu. Ou encore celle du royaume d'Atlantis, avalé par la mer, et dont seules les colonnes recouvertes de sel auraient survécu. Et il y a le conte du peuple de Massada qui a choisi de se jeter de la falaise au lieu de se soumettre aux conquérants. Peu importe l'histoire, ça finit toujours mal.

Les touristes aimaient les légendes catastrophiques, dit ma mère, car elles détournaient l'attention de la vraie catastrophe qui les regardait en pleine face : les murs barbelés et les tours de surveillance.

Colonnes sel
  sel vallée et la vallée
  renaît
  naît
naît

Ankabout remonte le fil. Sa toile vibre.

Les colonnes de sel renaissent, oui. Anath s'est mise à les sculpter dès qu'elle a pu tenir un burin. Elle choisit celles aux formes les plus bizarres et leur donne un corps un visage une histoire un nom. Elle les transforme en arbres ou en fleurs. D'année en année, un jardin de cristal a poussé là où un désert blanc se répandait.

Si jamais reviennent les touristes, ils découvriront la femme de Lotte pirouettant joyeusement parmi les crevasses et les geysers de la mer Morte. On l'appelle toujours la mer même s'il n'en reste que des flaques pâteuses. On la nommerait ainsi tant que les vivants ne nous auront pas révélé son vrai nom. Comme le répète sans cesse ma mère : nommer pas nommer, pas question d'effacer l'histoire dans un pays où l'on a voulu éradiquer un passé et y substituer un autre.

Les touristes reviendront à la mer Morte et ils découvriront des navires éblouissants perchés sur les banquises de sel et les silhouettes entrelacées d'amants nichés dans la lisière blanche, des fourmis parcourant leurs membres, des ailes à la place des bras, silhouettes attachées l'une à l'autre par un fil.

Ton fil, Ankabout.

Nos silhouettes, Anath et moi.

Ils disent j'ai
tissé beauté
tissée une déesse ma
toile déchirée
Ils disent pendue me suis
pendue
pendue humaine j'étais
humaine dans
ma toile disent–ils
pierre la Terre tombée dans
mon ventre
ventre disent–ils graines
plantes semées je
parle fabrique
disent–ils fabrique
soleil
lune
étoiles je
tisse danse
tisse l'amour
tisse

Un rayon pénètre la tour de surveillance où l'on dort, Anath et moi. C'est une nuit de pleine lune. Les nuits de pleine lune, sa peau brille de tous les cristaux de sel qui jaillissent à la journée longue de son burin. Personne ne sait pourquoi le sel s'attache à elle tel le soleil de midi à la terre. Elle est enveloppée d'une aura qui ne la quitte jamais. La même aura entourait ceux qui étaient atteints du fléau du sel.

Elle a dix-neuf ans, moi, vingt ans. Je contemple son visage, glisse la main sur sa bouche. On dirait un collier de perles déposées sur ses lèvres. Quand je l'embrasse, j'ai le goût de la mer sur la langue, alors que je n'ai jamais vu la mer.

Anath est la mer.

Elle sourit. Je sais qu'elle est réveillée. C'est un jeu. Nos corps la musique les passereaux les flamants.

Anath est mer sel lumière.

Ma mère raconte que c'était pareil pour ceux qui mouraient du sel. Quand ils rendaient leur dernier souffle, les cristaux de sel suintaient des pores et des orifices et enveloppaient le corps d'un vernis étincelant jusqu'à ce qu'il n'en reste qu'un amas de perles blanches. Jamais n'avait-on vu une mort si éblouissante, me disait-elle.

Qui ne voudrait pas s'éteindre dévoré par les étoiles ? Qui ne voudrait pas finir poussière astrale ? Certains s'enrobaient de la dépouille cristalline, rêvant d'une nouvelle vie de l'autre côté de la mort. Ils se voyaient monuments majestueuses sentinelles parmi les colonnes de sel.

Non ce n'est pas pareil, Ankabout. Sur le corps d'Anath, le sel c'est la vie. Partout où elle va, un ruisseau de diamants la suit. Certains croient qu'elle n'est pas faite de chair. Qu'elle n'est même pas humaine. Certains croient qu'elle a été amenée par un flamant. Que Zeinab, la sage-femme de la vallée, ne l'avait même pas portée, et qu'elle n'avait pas accouché d'elle.

Drôle comment on choisit d'oublier des pans du passé et d'en garder d'autres. Les survivants font beaucoup ça. Certains plus que d'autres... Hypatia et sa vie dans la ville sous la coupole, Hor et son passé de militaire, Colt et ses jours dans l'usine de décantation, même Toz et son salon de beauté avant l'évaporation. Comme toi, Ankabout, Toz tisse et retisse les bouts. Le paysage troué de la mer trouve-t-il son écho dans la mémoire ? La mémoire est-elle comme ta maison ? Des fils fins et fragiles suspendus par-dessus un vide ?

Zeinab n'a jamais révélé qui était le père d'Anath. Elle est née couverte d'un duvet argenté. On la croyait contaminée par la maladie. Personne à part Zeinab et Isaac ne s'en approchait. Isaac lui avait fabriqué un berceau. Il la berçait le soir avec une mélodie à la trompette. Isaac l'a aimée dès le premier moment, comme il a aimé Zeinab. La musique plaisait autant au bébé qu'aux passereaux.

Ils venaient prendre soin du nourrisson, comme ils prennent soin des uns et des autres.

tiens bébé tiens
tiens bébé tiens tiens
à toi non à toi non à toi non à nous
pour toi elle nous bébé nous

Les passereaux apportaient graines herbes insectes. Zeinab les mélangeait dans du lait de gazelle et le bébé buvait. Les passereaux veillaient en relais, d'autres dansaient et le rire de bébé résonnait dans la cave de Zeinab et d'Isaac, mêlé à la trompette et au babillage des passereaux heureux. Et toi, Ankabout, tu te joignais à la fête...

J'aime la vibration de ces histoires qui me précèdent, les ondes de ces moments d'avant ma mémoire de gamin que tu fais parcourir sur ma peau. Avant mon tout premier souvenir de nous, Anath et moi. Je triche peut-être, mais c'est plus fort que moi.

Tu sais tout. Tu vois tout.

Raconte-moi tout.

D'où viens-tu, Ankabout?

Le bébé a grandi, toujours enveloppé de sa peau perlée. Quand, à deux ans, il n'était toujours pas mort, Zeinab et Isaac l'ont enfin nommé Anath, d'après la déesse. Celle qui parle aux animaux et celle qui les chasse.

Animaux... Comme si nous ne l'étions pas, nous. Des animaux.

Vivants. Nous sommes tous des vivants, ici dans cette vallée. Anath la plus vivante des vivants.

J'aime lire sous la lumière de la pleine lune. Le feu la nuit jette des ombres sur les pages, le soleil le jour est si chaud que les phrases fondent et je m'endors. Je garde la poésie pour ces nuits sans ombre. Du ciel coule un grand fleuve laiteux et sur ses flots les poèmes courent purs clairs absolus. Durant ces nuits retentit la voix de la vallée. Les loups hurlent à la lune, les lions font l'amour, les ibex excités par la clarté éblouissante arpentent les falaises et longent les ravins.

Les nuits de pleine lune, je cours moi aussi vers Anath. Nous nous cachons dans la tour de surveillance. Les chiens hurlent au loin. D'ici, nous voyons toute la vallée. La lumière balaie les grottes habitées. Du coup les montagnes ressemblent à de grandes bouches ouvertes. De la tour, nous veillons sur le fond marin où dorment les flamants. On dirait une brume rosâtre suspendue par-dessus un marais radieux. Les nuits de pleine lune, l'horizon disparaît et les banquises de sel fondent dans le ciel. Nous restons ainsi, entre éveil et sommeil dans l'attente de l'aube.

Le corps nu d'Anath remue tout doucement à côté de moi. Sa main effleure mon ventre.

— Qui est-ce que tu lis ?

Anath a encore la voix sucrée du sommeil.

— Qui tu penses ?

Elle sourit en s'étirant. Ses seins ondulent dans la pénombre blanche.

— Lis-le-moi alors.

— Dans quelle langue ?

— Laquelle tu veux ?

— Dans sa langue...

Je lis en arabe :

أَلاَ تَسْتَطِيعِينَ أَنْ تُطْفِئِي قَمَراً وَاحِداً كَيْ أَنَامْ؟
أَنَامُ قَلِيلاً عَلَى رُكْبَتَيْكِ، فَيَصْحُو الكَلاَمْ
لِيَمْدَحَ مَوْجاً مِنَ القَمْحِ يَنْبُتُ بَيْنَ عُرُوقِ الرُّخَامْ؟
تَطِيرِينَ مِنِّي غَزَالاً يَخَافُ، وَيَرْقُصُ حَوْلِي. يَخَافُ وَيَرْقُصُ حَوْلِي
وَلاَ أَسْتَطِيعُ اللِّحَاقَ بِقَلْبٍ يَعَضُّ يَدَيْكِ وَيَصْرُخُ: ظَلِّي
لأَعْرِفَ مِنْ أَيِّ رِيحٍ يَهُبُّ عَلَيَّ سَحَابُ الحَمامْ
أَلا تَسْتَطِيعِينَ أَنْ تُطْفِئِي قَمَراً وَاحِداً كَيْ أَرَى
غُرُورَ الغَزَالِ الأَشُورِيِّ يَطْعَنُ صَيَّادَهُ قَمَرَا
أُفَتِّشُ عَنْكِ فَلاَ أَهْتَدِي أَيْنَ سُومَرُ فِيَّ... وَأَيْنَ الشَآمْ؟
تَذَكَّرْتُ أَنِّي نَسَيْتُكِ. فَلْتَرْقُصِي فِي أَعَالِي الكَلاَمْ

Ne pourrais-tu éteindre une lune ?
Ne pourrais-tu éteindre une seule lune que je m'endorme ?
Que je m'endorme, un moment, sur tes genoux et que se réveillent les mots
Pour louer les vagues de ce blé qui croît entre les nervures du marbre ?

Tu m'échappes, gazelle apeurée qui danse autour de moi et danse
Et je ne parviens pas à rattraper un cœur qui mord tes mains et crie : Reste
Que je sache de quel vent se lèvent sur moi ces nuées de colombes

Ne pourrais-tu éteindre une seule lune que je vois
La vanité de la gazelle assyrienne qui poignarde son chasseur, d'une lune ?
Je te cherche mais ne trouve pas le chemin. Où est Sumer
en moi... et où est le pays de Shâm?
Je me suis souvenu que je t'avais oubliée.
Danse donc au firmament des mots *

Je pose un baiser sur le mamelon gauche d'Anath. Il se dresse sous ma langue. Un Yah profond s'échappe de sa gorge. Elle prend ma tête entre ses mains. Nous sommes nez à nez. Je suis son prisonnier.

— Dis-moi la vérité. Qu'est-ce qui te tracasse? Ça fait une heure que tu fixes le vide. Et ce poème, c'est la centième fois que tu me le lis. Qu'est-ce que tu me caches?

Je me détache d'elle à contre-cœur.

— C'est Hypatia... Ça ne va pas. Je le vois dans sa façon de parler aux plus jeunes.

— Comment?

— Je ne sais pas. Parfois, on dirait qu'elle parle à des fantômes... Elle me paraît plus vieille.

Anath éclate de rire.

* Mahmoud Darwich, « Ne pourrais-tu éteindre une lune », *La terre nous est étroite et autres poèmes*, Paris, Gallimard, 2000.

— C'est pas une illusion, mon Yah. Des fantômes, il y en a plein dans la vallée. Demande à Ankabout. Et puis, nous on grandit, Hypatia vieillit.

Je l'aime. Depuis toujours je l'aime. Anath dort je l'aime, elle danse je l'aime, elle rit je l'aime, même si parfois je la sens loin de moi. Anath comprend ce que c'est d'être à part. Sauf qu'elle se moque de ce que les gens pensent ou croient. Contrairement à moi. Les vivants n'ont ni reine ni déesse, dit-elle à qui veut l'entendre. Pourquoi nous, on en aurait des reines et des déesses ? Elle a ses sculptures qu'elle plante partout. Et la légende de sa naissance. Et les vivants, des plus petits aux plus grands, qui la bercent depuis qu'elle est bébé.

La mer–mer an–Anath
La mer–mer Morte
Vie morte vie elle
Vie la mer
Vie
Vie

Une mélodie une danse suivent chacun de ses pas.

Quand on fait l'amour, les flamants paradent. Les gazelles sautent. Les damans accourent. Les bulbuls chantent. Nous ne sommes jamais seuls, Anath et moi. Son corps enlace le mien. J'occupe chaque courbe chaque ouverture chaque souffle. Ils sont là. Les fantômes. Les vivants. La vie. Une symphonie dans les iris d'Anath. Son corps vibre et je ne sais plus si c'est moi ou les vivants qui lui arrachent le Yaaaaaaaah de sa jouissance.

La trompette d'Isaac résonne dans la pénombre. Chaque soir, les gens de la vallée se rassemblent devant la grotte où Anath a grandi avec Isaac et Zeinab, sa mère.

— On y va ?

Je demande tout en espérant qu'elle dira non.

Elle rit.

— Mais non. As-tu envie de te retrouver entre Hor, Colt et Toz ?

Je rigole à mon tour en imaginant la scène. Elle se colle à moi, des gouttelettes de sueur glissent de ses tempes sur mes lèvres. Nous restons ainsi jusqu'à l'aube.

— Shh ! Tu entends ?

Anath bondit.

— Écoute Yah... Écoute.

Le dos raide, ses antennes en alerte.

— Je n'entends rien.

Anath prend ma main et la place paume contre le sol. C'est là que je la sens, une onde. Vibration. Elle fait son chemin à travers mes doigts. Des battements à peine perceptibles.

Puis, rien.

Je cherche Ankabout. C'est peut-être elle qui nous joue un mauvais tour.

— C'est pas Ankabout, dit Anath, me voyant scruter les coins des murs.

Tout s'arrête. Nous sommes à présent tous les deux tendus. Les sens fixés sur le son.

Il s'est tu.

Anath se dirige vers la vitrine d'observation brisée. Elle parcourt la vallée des yeux.

Toujours rien.

Je m'approche d'elle. Deux lignes inquiètes se sont creusées entre ses sourcils.

— T'es-tu déjà demandé ce que voient nos flamants jumeaux quand ils migrent par-delà les monts ?

— Tu veux dire à part les villes en ruine ?

— Et si elles n'étaient pas en ruine ?

— Si des gens vivaient encore de l'autre côté, ils seraient venus depuis longtemps, tu penses pas ?

— Ce bruit...

— Une crevasse, c'est tout.

— Les crevasses n'ont pas de rythme, Yah...

Elle a raison, le son était trop régulier, mais je n'ai pas envie de la suivre. Elle lève les yeux vers moi.

— Les vivants me chuchotent des choses... des choses que je ne comprends pas.

Elle ferme le poing.

— Il faut être prêt à tout.

— Ce sont les paroles de Hor, ça. S'il y a quelqu'un qui vit avec des fantômes c'est lui. Et si on venait de sentir le pouls de la Terre, Anath ? As-tu considéré ça ?

Elle soupire. Pose un baiser sur ma joue. Un baiser absent. Comme toujours, après l'amour, elle disparaît. Soit elle court vers ses sculptures de sel, soit elle se cache avec Salar, son flamant jumeau, au fond de la colonie de flamants. Cette fois c'est le bruit. L'aube l'arrache à moi.

Après le départ d'Anath, je reste là, encore un peu, enrobé de l'odeur et du sel de son corps. L'onde mystérieuse n'est pas revenue. Dans ces moments, je pense au gouffre qui séparait Maïmoun et Amana. Tout les empêchait de s'aimer. Il a fallu la fin du monde pour les réunir. Et pour que j'existe. Anath et moi sommes faits l'un pour l'autre, pourquoi me semble-t-elle hors de portée ?

Le lever du jour dénude tendrement la vallée. Les enfants vont bientôt se réveiller. Vaut mieux y aller, moi aussi.

C'est le temps de la sarha.

On a vécu–sur
vécu
sur–
vécu
Nous qu'on appelle
vivants
Pas au sel
Survécu temps des
humains
Temps dansons temps
Qui danse ?
Nous Ghornouq
nouq nous
Flamants nous qu'on
appelle–pelle Nouham
Danse humain
Danse vie qui
Danse mort
qui danse ?

On a vécu–sur
vécu
sur–
vécu
Nous qu'on appelle
vivants
Pas au sel
Survécu temps des
humains
Temps dansons temps
Qui danse ?
Nous Ghornouq
nouq nous
Flamants nous qu'on
appelle–pelle Nouham
Danse humain
Danse vie qui
Danse mort
qui danse ?

On a vécu–sur
vécu
sur–
vécu
Nous qu'on appelle
vivants
Pas au sel
Survécu temps des
humains
Temps dansons temps
Qui danse ?
Nous Ghornouq
nouq nous
Flamants nous qu'on
appelle–pelle Nouham
Danse humain
Danse vie qui
Danse mort
qui danse ?

— Alef, va-t-on visiter les flamants aujourd'hui ? demande Alula, tout excitée.

— Oh non, pas encore les flamants ! proteste Ulna.

— Comment ça pas encore ? Tu veux pas aller voir ton flamant jumeau ? s'indigne Alula.

Sama et Bahr quant à eux sont drôlement calmes. Trop ensommeillés pour se chamailler. Tant mieux.

C'est la journée de la sarha. Les jours de sarha, je me lève bien avant l'aube. Premier arrêt chez Sama. La fillette est déjà levée, papyrus sous l'aisselle. Ensuite c'est au tour d'Alula. Ulna et Bahr bouclent le groupe. La sarha, c'est le moment que tout enfant attend dès qu'il a la conscience de l'attente. Le moment où ils reviendront plus vivants, moins humains, ou pas. J'ai le cœur serré. Jamais la vie et la mort ne sont si proches qu'à la veille d'une sarha.

Il commence déjà à faire trop chaud pour les excursions après le lever du jour. Faudrait entamer la balade plus tôt. Bientôt le soleil pressera sa main brûlante sur le sol et écorchera tout ce qui est à sa portée. Les geysers cracheront vapeur sel poison. Des bourrasques balaieront la plage et engouffreront le sable dans les gorges. L'air sera irrespirable.

On a passé l'hiver à ramasser l'eau dans les lits des rivières qu'on appelle wadis et les dolines avant qu'ils ne s'assèchent. C'est au tour des enfants d'arpenter la vallée rouge, d'apprivoiser les couleurs les crevasses les geysers, de dénicher les zones d'ombre et d'eau en suivant le mouvement du soleil et en humant le vent, d'identifier les plantes fourragères, de trapper les damans. Traquer les prédateurs avant qu'ils ne nous traquent, les chacals surtout les léopards et les hyènes, faciles à retracer grâce à leurs excréments blancs. Je les accompagnerai jusqu'à la chute de Wadi Al-Khabat, comme le veut la tradition. Nous passerons la journée à attendre, moi, les autres habitants, certains des parents, comme les enfants avaient attendu, fébriles, le début de l'aventure.

Nous attendrons en espérant qu'avant le coucher du soleil nous les reverrons. Leurs silhouettes à l'horizon aux contours déformés par ce que les enfants auront ramené sur le dos dans les bras ou traînant derrière eux. Nous attendrons les visages brûlés par le soleil, les visages ensanglantés par des rencontres imprévues avec les vivants, ou encore la peau ridée d'avoir trop bu de l'eau ou scintillant de sel.

Nous nous réunirons devant la grotte d'Isaac et de Zeinab, là où ils avaient été bébés ensemble dans la crèche de la sage-femme, là où les habitants danseront la danse des flamants pour fêter une sarha réussie, la trompette d'Isaac sifflant dans la nuit, là où il nous arrive aussi de pleurer l'absent ou l'absente, l'enfant que la vallée ne nous rendra pas. Nous ne pleurons pas longtemps. Nous dansons pour la vie comme pour la mort.

Le ruisseau de Wadi Al-Khabat n'est déjà plus qu'un sentier aride. Il coule seulement quelques jours durant la saison de pluie. Le rouge vif des rochers est poussiéreux et fané, sauf pour quelques mèches verdâtres là où l'eau a frôlé les joues du ravin. Le parfum frais de la source s'est dissipé, ça fait un moment.

Je renifle l'air. Les petits, attentifs, m'imitent. À Bahr de s'exprimer en premier.

— Ça sent l'été !

Je souris. Ça sent plutôt le soufre. En l'absence d'eau, les miasmes des geysers remontent du fond marin. Je me demande quelles odeurs nous dégageons, nous, les habitants de la vallée. Nous qui nous frottons le corps aux pierres embaumées de soude et de soufre, nous qui portons les roseaux de papyrus en chapeaux et dormons sur les plumes des flamants roses. Nous qui nous baignons dans les étangs saumâtres. Si jamais quelqu'un de l'extérieur nous voyait, pincerait-il le nez ou sentirait-il l'essence du baumier de Mecque que nous préparons chaque hiver ?

La saison prochaine, les enfants, ceux et celles qui reviendront des sarha, seront assez grands pour participer au rituel. Dès les premières pluies, l'excitation ranime la vallée. Ma mère passe de grotte à grotte, tambourinant sur le vieux couvercle du chaudron en acier.

— Il pleut ! Il pleut !

Ça me fait toujours un peu rire. Comme si les gens ne flairaient pas déjà la terre humide. Dès qu'ils entendent le pépiement des gouttes de pluie sur les rochers, ils prennent des paniers des seaux des bocaux, tout ce qui pourrait servir de contenant. Nous partons à la quête du baumier et de ses feuilles soyeuses pour récupérer sa sève et sa résine. Le miracle dure le temps d'un cillement. Les feuilles du baumier de Mecque tombent dès que la brume s'effrite après la pluie. On en fabrique de la gomme à mâcher pour se débarrasser de la mauvaise haleine et se nettoyer les dents. Nous en tirons de l'huile odorante et du baume qui panse les blessures. Aux grandes occasions, nous nous baignons dans l'eau infusée des écorces du baumier de Mecque. Nous nous enveloppons de son parfum citronné. Que dire du thé qui a tant de fois soulagé mes maux de ventre?

La première fois que ma mère en avait trouvé, nous étions partis vers le nord de la vallée, à la cueillette de roseaux à l'oasis d'Ein Fashkha. Le baumier de Mecque était caché parmi les papyrus. Amana s'était prosternée devant le petit arbuste, tenant les branches entre les mains, les frottant contre la plante. Elle avait porté ses paumes à son nez, les larmes aux yeux. Pendant des semaines et des semaines, ma mère avait parcouru les alentours, sur les hauteurs ombragées et dans les wadis humides. Elle sait à présent où les baumiers poussent. Elle aurait tant voulu en planter plus près des grottes. Le sel a le dernier mot.

La vie dans la vallée est rythmée par ces grandes balades. Les sarha des adultes, comme celles des enfants, durent aussi longtemps que la température nous le permet. Les habitants se divisent en trois ou quatre groupes. Certains montent vers le nord, vers l'oasis d'Ein Fashkha. D'autres descendent vers le sud, se faufilant parmi les crevasses.

Ils reviennent sur les pas des premiers survivants qui avaient fait le grand trek dans le sens contraire, des ruines d'Umm Baghaq, l'ancienne zone de quarantaine, jusqu'à Wadi Al-Khabat, là où les survivants avaient enfin trouvé refuge dans les grottes d'Ein Gedi. D'autres encore prennent la direction ouest, arpentant les monts qui séparent la mer Morte de la Méditerranée, à la recherche des rivières pérennes au fond des gorges. Si l'on va assez loin dans chaque direction, on finit par tomber sur l'immense mur qui cerne toute la vallée, le mur chéri de Hor. De la rive ouest de la mer Morte, on peut voir le mur de l'autre côté, à l'est. Il tranche le paysage en deux, le fond marin d'un bord, et les hauteurs de la Jordanie de l'autre, ou ce qu'était la Jordanie en tout cas. Là aussi par une journée claire l'hiver, on peut distinguer des silhouettes d'hôtels abandonnés.

Les premiers mois de désespoir, les survivants tombaient comme des mouches à cause de la chaleur, du manque d'eau et de nourriture. Certains avaient tenté la traversée vers l'autre rive, espérant y dénicher des provisions. Personne n'est jamais revenu de ces expéditions. Encore aujourd'hui, l'idée d'enjamber l'immense fond marin pâteux, exposé aux éléments, même en empruntant les passages îlots et ponts de sel, semble si hasardeuse que personne ne va vers l'est. Sans oublier que cela impliquerait de se frayer un chemin à travers la colonie de flamants et de perturber leur danse. La parade dure toute la saison pluvieuse. La communauté avait décidé de ne jamais aller de ce côté.

Ce matin, pas de migration ni de grande expédition. Ce sera une petite sarha. J'ai fait mes premiers pas sur ce sentier reliant Wadi Al-Khabat à Wadi Arraija. Le nombre de fois que j'ai accompagné mes parents, accroché à la hanche de ma mère. Elle me portait dans un pagne, bien serré contre son corps. Elle avait peur de tout quand il s'agissait de moi. La naissance d'Anath a fait que je n'étais plus le seul enfant de la vallée. Je pouvais marcher comme tout le monde, pieds nus sur le sel et les roches.

D'année en année, une couche de peau morte s'est formée sous la plante de nos pieds de sorte que nous n'avions plus besoin de ces chaussures que les survivants chérissaient tant au début. Avec mes parents, nous allions à la recherche de sources d'eau. Amana et Maïmoun suivaient de vieilles cartes trouvées dans les anciens bureaux de tourisme, même si le paysage d'après l'évaporation n'avait rien à voir avec les indications sur papier. Des pans de terrain entiers avaient déjà été dévorés par les dolines. Même les cartes les plus récentes qui montraient les crevasses et les gouffres, surtout ceux qui se remplissaient de l'eau des aquifères souterrains, n'aboutissaient qu'à des puits desséchés. Les sarha sont incrustées dans le souffle de la vie. Les habitants se partagent la tâche de cartographier les nouvelles dolines et sources d'eau. Des fontaines percent à différents endroits au fur et à mesure que les crevasses se forment, déplaçant les cours d'eau sous la terre.

Enfant, je ramassais avec ma mère tout ce qui pouvait ressembler à de la végétation comestible et ma mère plaçait les spécimens dans son herbier. Ensuite elle visitait ses véritables bébés, les graines semées les premiers mois après la catastrophe. Elle avait passé sa jeunesse à créer une banque de plantes et de graines indigènes à l'époque de la colonisation. Elle avait eu la présence d'esprit de cacher une bonne partie de sa collection dans des bocaux sous un olivier avant que les soldats ne viennent l'évacuer de force et la mettre en quarantaine. Après l'évaporation, elle était revenue à l'arbre gardien, et avait semé les graines partout où elles pouvaient germer. Elle est la jardinière de la vallée, et sa guérisseuse.

Durant les sarha, nous cueillons des roseaux aux alentours des oasis pour combler les trous dans les portes des grottes. Nous en fabriquons du papier des tapis des mâts des paniers et d'autres objets essentiels à la place de ceux déjà usés par le sel. Ceux qui vont vers le sud ramènent du matériel des ruines des stations balnéaires et de l'usine de décantation. Après vingt ans, il ne reste plus grand-chose, certains y vont quand même, pèlerinage retour aux sources rappel du chemin parcouru. Et d'autres, sans se l'avouer, espèrent encore y croiser des gens de l'extérieur.

Mon père raconte que l'année du grand trek un vent houleux fouettait la vallée. Les tornades de sel charriaient la vie et la rejetaient par-delà les monts. Du groupe de survivants, seulement une cinquantaine a pu se rendre jusqu'au Wadi Al-Khabat. Nous célébrons les disparus chaque année durant le dhikr de la première pluie, nous les remercions de veiller sur nous en ramenant l'eau.

Ce qui pour la majorité fut un temps de souffrance a été pour mes parents le temps de l'amour. C'est durant le trek qu'ils ont appris vraiment à se connaître. Sans que personne ne l'ait décidé, les gens s'étaient rassemblés autour de quelques individus. Amana, Maïmoun, Colt, dont le passé de gérant d'usine et le fait qu'il ait survécu à la maladie rassuraient les survivants... Et bien bien plus tard, Hor a gagné leur confiance, alors qu'au départ très peu osaient même lui adresser la parole.

Un jour, ils sont arrivés à Ein Gedi. Croyant le village abandonné, les gens avaient fouillé les ruines de fond en comble, à la recherche d'eau de nourriture et de médicaments. Personne n'avait pensé à la bibliothèque. Qui se préoccupe de livres alors que tout le monde meurt de soif? Personne. Sauf ma mère. Elle y était allée pour des manuels agronomiques, des encyclopédies botaniques et des guides sur l'agriculture dans les terres alcalines. Elle avait déjà en tête de cultiver un jardin. C'est comme ça qu'elle avait découvert Hypatia, à moitié morte entre les étagères.

La mort dans la vallée est rythmée par les sarha comme la vie. La pluie est rare. Pourtant, quand il pleut, c'est une pluie torrentielle. Le sable aride a du mal à absorber l'eau. L'eau déboule les monts entourant la vallée creusant les ravins. Elle s'infiltre là où des poches de sel souterraines s'étaient accumulées pendant des siècles, et comme du miel dans le thé, l'eau dissout le sel sous la surface. La surface implose par-dessus le vide laissé par le sel, engloutissant tout ce qui se croyait sur la terre ferme.

Nous avons appris à vivre avec la fragilité de la terre et les humeurs intempestives de l'eau. Nous avons appris à veiller sur les vivants comme ils veillent sur nous. Nous les nourrissons de notre chair ils nous nourrissent de la leur. Nous buvons l'eau et elle nous ravale avec le sable et les rochers. Être vivant parmi les vivants c'est aussi être mort parmi les morts. Nous sommes proie prédateur proie. Nous sommes corps vivant corps noyé corps dévoré. Chaque enfant finit par l'apprendre durant la sarha.

L'été s'approche. On risque moins de se faire emporter par une crue inattendue ou de périr au fond d'une doline. L'été nous privera de nos sorties diurnes. L'été nous privera aussi des flamants qui se réfugieront dans le nord jusqu'à l'automne. L'été me privera de mon ami Zahr, mon frère flamant à qui j'ai été jumelé à la naissance.

Les enfants qui embarquent sur leur première sarha ne le savent pas encore : les vivants ont déjà bien tracé le chemin de retour. Cette terre est gravée de sentiers invisibles, autant de sentiers pour se perdre que pour revenir. Si tout se passe bien, je devrais les voir descendre la colline et me rejoindre au bord du fond marin. Et nous pourrons aller saluer nos frères et sœurs flamants. Ne restera bientôt des milliers qui nous ont accompagnés pendant l'hiver qu'un grand duvet de plumes tombées durant la mue. Ce moment à la fois beau et fragile où les flamants perdent leurs plumes et en repoussent des nouvelles avant le long voyage.

Durant la mue, les flamants ne peuvent pas voler. Nous organisons des groupes de veille afin de dissuader les prédateurs opportunistes. Au début, notre présence énervait les flamants. Certains ont l'âge de se souvenir des survivants affamés qui partaient à leur chasse. Ils se moquent de notre bienveillance. Ils n'ont besoin ni du bien ni de vaillance. Ils veillaient avant qu'on sache qu'ils veillaient. Eux qui avaient su que nous étions vivants, alors que personne de l'extérieur ne l'avait su.

Le caquètement de Zahr mon jumeau perce parmi le chœur de danseurs. Je ne connais pas son vrai nom, je ne connais pas plus le mien. Je dis Zahr. Il crie Alef et nos voix se dissolvent de nouveau dans celle des flamants. Les flamants répètent rappellent désappellent tant de noms, des noms qu'ils cancanent crachent piétinent chantent déchantent. Les noms flottent dans ma tête, les noms tombent de ma bouche, la langue des vivants tourne ma langue la détourne. Les flamants cancanent, les hyènes ricanent, les ibex piaffent tous ces noms qu'on leur a donnés, sans jamais révéler leurs secrets.

Nous Ghornouq
Nouq nous
Flamants nous qu'on
Appelle–pelle Nouham
L'avons la vie
L'avons su
La vie nous vivants
L'avons su
Zahr moi qu'on appelle flamant
Waal moi qu'on appelle ibex
Dibaa' nous qu'on appelle hyènes
Vivants nous la vallée

L'avons su
Vibration toile vibre
Danse sel sous pattes caresse
Vent sur cornes odeur
Fleurs des proies
Nous vivants
L'avons su

Le jour de ma naissance les flamants étaient là.

Le jour de ma mort les flamants seront là.

— Tu es né flamant parmi les flamants, mon Alef, me dit ma mère. Avec toi, tout a commencé.

Elle avait senti les contractions alors qu'elle cueillait des plantes au bord du fond marin. Les contractions s'étaient intensifiées si vite qu'Amana n'avait plus la force de remonter vers les grottes. Les flamants avaient tapissé le lit de mer de petits monticules de sel couronnés d'œufs. Le soleil de midi tapait sans merci, les salicornes étaient trop petites pour offrir de l'ombre, les tamaris, trop loin. Elle avait réussi contre vents et marées à atteindre l'Arbre de vie. C'est là, sous sa protection, que Maïmoun l'avait trouvée quelques heures plus tard, épuisée, un bébé dans les bras. La joie s'était répandue avec la rumeur dans la vallée. Un enfant, le premier enfant de la vallée, était né, même si personne n'osait s'approcher. Les flamants qui couvaient leurs œufs avaient encerclé Maïmoun et Amana. Impossible de traverser le fond marin jusqu'à l'Arbre.

Ne pouvant se déplacer, Amana était restée après ma naissance, Maïmoun à ses côtés, là au cœur de la colonie de flamants, avec pour seul abri le tronc de l'Arbre et ses feuilles qui à l'époque étaient encore petites et fragiles. Malgré ses efforts, Amana n'arrivait pas à m'allaiter. Je refusais de prendre le sein. Je m'éteignais à petit feu. Je n'ouvrais plus les yeux. Amana ne sentait plus mon souffle. Maïmoun avait épuisé toutes les prières.

Après une nuit sans lune, blottis contre mon corps inerte, ils furent réveillés par un ballottement. On aurait cru que la mer s'était de nouveau remplie d'eau et qu'ils naviguaient dans un navire. Ce n'était pas un navire. Ils étaient bercés par des dizaines et des dizaines de poussins. Les œufs venaient d'éclore. Les poussins, tassés les uns contre les autres, s'étaient rassemblés autour de l'Arbre. Un poussin plus curieux que les autres s'était accolé à mon corps froid. Un grand flamant avait atterri alors et nourrissait le poussin. Du lait rose que seuls les flamants peuvent produire. Comme si c'était la chose la plus naturelle du monde, le flamant avait mis le bec dans ma bouche de bébé. J'avais ouvert les yeux et j'avais bu.

Les nouveau-nés de la vallée naissent désormais avec les flamants et meurent avec les flamants. Les mères de la vallée accouchent sous l'Arbre et partent après quelques jours sans l'enfant. Le bébé reste là couvé par la colonie. Il est déjà arrivé qu'un nouveau-né ne survive pas. Il est déjà arrivé que le nouveau-né disparaisse dévoré par un prédateur emporté par un rapace avalé par le sel. Ceux qui survivent grandissent flamants et, à l'âge de marcher, ils font la sarha et reviennent plus vivants. Ils vieilliront, comme je vieillis, ils mourront, eux et moi, flamants parmi les flamants. Le corps drapé de plumes, offert aux hyènes. Ainsi va le grand cycle des vivants.

Maintenant que l'été est à nos portes, la plupart des flamants auront de nouvelles plumes. La migration ne saura tarder. Des jours et des jours durant, le cri saccadé des flamants retentit dans la vallée. Ils dansent dansent dansent. Des milliers d'ailes s'ouvrent se referment s'ouvrent. Des cous montent des cous descendent des têtes tournent droite gauche gauche droite aile en haut aile en bas aile dans une seule direction tous ensemble à travers le sel.

La danse les cris la danse sont tellement intenses et bruyants que nous n'arrivons pas à nous entendre, encore moins à faire autre chose sauf nous joindre à eux. Les enfants fondent dans la marée rose.

Vivants nous
Sommes vivants
Nous sommes vivants
Vivants
Vivants

Quand les flamants prennent leur envol, le battement de leurs ailes fait vibrer la terre, des cercles ondoient à travers les bassins d'eau fraîche. Les banquises de sel tremblent et craquent. Les sculptures d'Anath ne survivent pas toutes aux secousses.

Un nuage rouge blanc rose plane des heures juste au-dessus de la surface et on ne sait plus s'il s'agit de sable de sel ou des plumes des flamants voltigeant dans l'air. Une fois la poussière retombée, nous récupérons les plumes des mues, en fabriquons des vêtements des couvertures et des foulards. Nous revenons à la naissance, flamants après les flamants.

C'est la seule consolation face à leur départ. Le silence qui suit est d'une telle tristesse qu'une morosité collective tombe sur la vallée. Plus rien ne se passe, on est paralysés, le temps de faire le deuil de nos jumeaux, dont bon nombre ne survivront à la migration.

Deux fois par année, nous vivons ce moment de grande joie et de consternation. À l'automne, les flamants reviennent hiverner parmi nous, puis à l'été les jeunes prennent leur envol avec le reste de la colonie vers d'autres marais où la chaleur est moins intense.

Je voudrais m'envoler sur les ailes de Zahr, accroché à ses pattes, voir ce qu'il reste du monde dehors. Il me regarde avant le départ. Parmi les centaines de sa colonie, je le reconnais. Il me reconnaît. Moi à son bec plus noir que rose, lui au son de ma voix. Il me fixe de ses yeux rouges et cancane, le cou tendu vers le ciel. Mille récits jaillissent de son cri. Comme s'il voulait tout me raconter au cas où il ne reviendrait pas.

Et des centaines ne reviennent jamais.

Les flamants s'agitent. Ce sera sans doute la dernière sarha avant le grand envol. Les enfants avaient la mission de pister deux espèces de vivants, un prédateur et une proie, rapporter des fruits ou herbes comestibles et localiser une source d'eau.

Hor attend leur retour de la sarha avec moi. Il est venu récupérer les enfants pour la visite du mur et de la tour de surveillance. Ma mère, sachant que j'allais prendre le relais d'Hypatia, s'était empressée de me bourrer d'instructions. Je ne lui ai rien divulgué sur la deuxième étape de l'excursion.

Hypatia dit que l'histoire, comme la langue, s'écrit à plusieurs mains, qu'elle est la somme de mille et une voix, une polyphonie (un autre mot que j'avais rangé dans ma liste de mots préférés), même une cacophonie bruyante agressante aux oreilles sensibles, mais combien nécessaire. Ma mère le sait très bien, n'empêche que certaines voix la dérangent plus que d'autres. Et si par principe, elle lui a sauvé la vie de la fièvre, et qu'elle n'intervient pas dans le récit de Hor, elle a ce don de nous faire savoir rien que par un regard sa désapprobation.

La vérité c'est qu'elles me fascinaient, enfant, les visites guidées de Hor et ses histoires de soldat. Elles me fascinent encore. Et fascineront toujours les plus jeunes. Pourquoi aimons-nous tant la guerre ? Pourquoi l'idée de tenir entre les mains la vie d'un autre réveille-t-elle désirs et jouissances ? Pourquoi les uniformes, ou ce qu'il en reste, attirent les petits qui se ruent sur les chemises sans boutons les pantalons criblés de trous de balle et les casques égratignés ? Je remonte alors le fil d'Ankabout, pour me rapprocher du temps d'avant, en espérant trouver la source des échos qui m'habitent, des échos d'un passé qui ne m'appartient pas : la guerre la peur la haine le regret la violence.

Plus s'écoulent les années, plus les événements d'avant l'évaporation me paraissent irréels. Vingt ans dans la vallée, ça ne semble pas très long, mais pour nous les enfants du sel, c'est le seul monde que nous connaissons. Aux yeux et dans le corps flamant de Sama, Ulna, Alula, Bahr, ce qui existait avant le fléau aurait très bien pu se passer sur la Lune. Pour Anath, encore plus loin. Quant à moi, même si mes parents, Maïmoun et Amana, avaient vécu la catastrophe, et que c'était grâce à eux et aux autres survivants, Hor, Colt, Hypatia, Toz, que nous arpentons la vallée, ses hauteurs ses profondeurs ses déserts hostiles ses oasis, grâce à eux que nous vivons de la terre avec la terre avec les vivants, leur souffrance demeure leur souffrance.

Plus les survivants racontent des histoires d'avant, plus la distance s'agrandit. Je voudrais les retirer de leurs îlots en dérive et les ramener vers nous, vers le présent. Mais je ne trouve que des ombres au bout du fil d'Ankabout.

Chaque fois qu'Hypatia revient sur son passé, l'ombre lui couvre le visage. L'ombre de qui ? De quoi ? Elle plonge ses yeux dans les miens, alors que c'est une autre personne qu'elle cherche.

La même ombre plane au-dessus de Hor. Je le surprends parfois seul à contempler le mur qu'autrefois dans une autre vie, il devait défendre. L'ombre passe ainsi d'un survivant à l'autre. Elle plie les notes de la trompette d'Isaac, pique Colt dans sa jambe amputée, plonge mon père dans de longues conversations à sens unique avec les vivants qu'il désire tant comprendre sans jamais vraiment y arriver. L'ombre est toujours là, dans les gestes de ma mère qui cultive ses plantes au cœur du vieux fond marin, comme si elle vivait encore à son village à Battir, parmi les collines vertes de la Palestine.

Le seul dont je ne vois jamais l'ombre est Toz. Toz est une créature de lumière... C'est ce que dit souvent ma mère. Dans la lumière, il cache ses secrets. De quoi rêve Toz la nuit, dans la clandestinité de la solitude ? Aux pieds de qui dépose-t-il enfin sa lumière-bouclier ? Il coud la beauté autour de ses ombres. Elles brillent cristaux de sel jusqu'à nous aveugler. En cela, il ressemble drôlement à Anath. Mais moi je connais son secret. Le cœur fragile emmitouflé dans toute sa beauté fabriquée. Les moqueries et boutades qu'il est prêt à endurer aux soirées après les sarha. La tendresse qui adoucit ses traits quand il pense qu'on ne le regarde pas. Ce cœur qui bat bat bat au chant de la trompette d'Isaac.

Je sonde le soleil. Il est maintenant bien levé. Les enfants devraient être déjà revenus de la sarha.

— S'ils ont fait le chemin à travers le ravin jusqu'à la source de Wadi Arraija, les gosses vont pas résister à un petit saut dans l'eau, affirme Hor, comme s'il avait lu dans mes pensées.

— Oui, t'as sans doute raison.

— Pis, il n'est pas même pas dix heures mon gars, si l'on se fie à l'angle du soleil. Tu vas les voir descendre vers la palissade de sel d'une minute à l'autre.

À peine a-t-il fini de parler que les minuscules silhouettes se pointent à l'horizon. Je lâche un grand soupir de soulagement. Le cri de joie des enfants retentit à travers la vallée dès qu'ils aperçoivent la colonie de flamants. La grande récompense après une sarha bien réussie. Sans même nous saluer, ils accourent vers la marée rose, chacun à la recherche de son jumeau.

Après les retrouvailles, nous remontons le sentier, Hor à la tête de la petite troupe, moi à la fin. Entre nous, les enfants caquettent, surexcités par la sarha, la danse avec les flamants et la perspective de la visite du mur avec Hor. Sama ne prend pas le temps de respirer. Elle marche, le souffle coupé, trop occupée à expliquer à ses camarades le pourquoi du comment de chaque insecte chaque plante chaque empreinte croisée durant la sarha. Ulna plus terre que ciel avait pisté la tanière d'un renard, Alula plus ciel que terre avait identifié le nid d'un aigle, Bahr, sans surprise, a la tête dans les nuages.

Comme moi avant eux, ils courent vers la tour de surveillance. Dans la cabine de contrôle, ils se mettent à pitonner partout à examiner l'équipement gisant par terre à parler dans les haut-parleurs et à imaginer leurs voix se rendre de l'autre côté des montagnes ou encore de l'autre côté de la mer Morte. Hor leur raconte l'armée l'occupation le mur. Ses récits se confondent avec les explications scientifiques de Hypatia et les légendes d'Amana sur Lotte, la ville réduite au sel, et Atlantis, la cité engloutie.

— Tu restes avec nous, Alef? demande Hor.

— Non, Maïmoun et Amana ont besoin d'aide avec les tamaris et les salicornes.

— Mon œil. Les salicornes et les tamaris survivront sans que vous soyez trois à les cajoler, remarque Hor, petit sourire en coin.

Je fais semblant de ne pas comprendre.

Et à Hor d'en rajouter.

— Quoi, Anath t'a encore posé un lapin? Je l'ai vue plus tôt avec son flamant Salar. Tu veux mon conseil? Il y a plein de poissons dans l'eau. Bon, pas vraiment, mais tu sais ce que je veux dire. Tu t'en rends pas compte, mais tu es bien plus vivant qu'elle, c'est quand même toi le premier enfant flamant. Sois donc un flamant! Tu n'as qu'à déployer tes ailes. Pourquoi tu t'obstines à t'attacher?

Sur ces mots, la main encourageante de Hor s'abat si lourdement sur mon omoplate que je me vois faire trois gros pas vers l'avant avant de perdre l'équilibre et de tomber sur les genoux.

Hor lâche un gros rire.

— Tu vois ? Tu as même les jambes cure-dents d'un flamant. Aussi bien t'envoler, poussin.

— Drôle, très drôle Hor, dis-je en me remettant debout.

— En effet !

— On se retrouve plus tard ce soir devant la grotte d'Isaac ? demandé-je, en espérant passer à autre chose.

— Tu poses la question comme s'il y avait mille endroits où sortir le soir dans cette sacrée vallée.

Je ris malgré moi. Il a bien raison.

C'est vrai que je cherche Anath. Je la cherche tout le temps. Elle ne me doit rien au fond, mais je ne peux m'en empêcher. Anath aime la solitude. N'être qu'avec elle-même quand elle n'est pas avec les vivants. Elle le burin et le sel. Inscrire sur la palissade tout ce qui l'habite de visages de rêves de cauchemars. Elle ne sculpte à présent que des vivants. Elle a toujours été proche d'eux. Et ils l'ont toujours considérée comme l'une des leurs, plus que nous tous. Je la surprends parfois en pleine conversation avec les étourneaux. Entre artistes, ils discutent de chorégraphie et partagent des astuces. L'art de dessiner des vagues dans l'air à cent ou à mille danseurs. Composer une symphonie de lumière en manipulant le resplendissement de leurs plumes. Comment sculpter le mouvement, créer l'illusion d'envol sur une pierre de sel ?

Son flamant jumeau a été son premier modèle. Il lui montre ses plus belles postures. Le déploiement des ailes qui met en valeur le noir plus que noir de ses rémiges et le rouge plus que rouge de ses aisselles, l'extension du cou afin qu'il paraisse le plus grand du groupe. Le toilettage constant pour que son rose soit le plus rose, les pas synchronisés, avec une toute petite variation qui le distinguerait de ses voisins. Il est le roi de la parade nuptiale. Toutes les femelles le désirent. D'autant plus qu'il est différent des autres, comme Anath. Il n'a pas tout à fait la même combinaison de couleurs. Et il est le seul à avoir les pattes jaunes. Ce qui est un grand avantage dans une colonie où tous ont les pattes roses.

Il vient de loin. Il raconte à Anath des histoires extravagantes de traversée d'océans. Il lui dit que de l'autre côté de la planète, là où il est né, il y a un désert qui ressemble exactement à ce désert, des lacs des marais et des geysers qui sont pareils aux lacs marais et geysers de la mer Morte, sauf que tout est à l'envers. L'hiver c'est l'été, le point le plus bas c'est le point le plus haut. Le désert de son enfance est juché sur les volcans. L'élévation fait que l'on y respire difficilement. Mais le sable est le même, les rochers les mêmes, l'arc-en-ciel de blanc perlé de rouge cuivré, et le sol croûté aux reflets bleu métallique et vert oxydé du sel vieilli pendant des millénaires sont aussi les mêmes.

— C'est un flamant des Andes, avait conclu Hypatia après quelques recherches. Sans doute des Salars de l'Atacama.

Et c'est ainsi qu'Anath lui a proposé le nom Salar (du moins devant les humains). Son vrai nom, tout comme celui d'Anath, restera toujours entre eux.

Depuis que les vivants de la vallée nous ont accueillis dans la langue commune, nous ne nommons plus ne désignons plus ne définissons plus les autres. Les noms naissent d'un accord commun d'un amour commun. Les chanceux parmi nous auront deux noms, celui que l'on nous donne à la naissance et celui, le vrai, qui nous sera révélé. Salar a accepté son nom en partage, comme Zahr le sien. Se laisser nommer sans être possédé ni maîtrisé. Se laisser nommer comme on se laisse aimer.

Un jour, je saurai mon vrai nom. Je serai libre de l'héritage des survivants, leurs regrets leurs peurs, cette culpabilité qui anime chaque geste chaque décision. Le désir de contrôler le destin. Nommer. Me nommer le premier et me larguer cette charge qui pèse lourd depuis mon premier souffle.

Je danse battement cadence dans le chœur des flamants. Avec les flamants plume parmi les plumes je chante haut et fort vivre qui veut vivre !

Vivre qui veut vivre
Vivre qui veut
Vi–vi–vi–vi–vi–vie
Alef qu'on m'appelle
Yah qu'on m'appelle flamant
Amant qu'on m'appelle
D'Anath

Hor dit que les flamants nous nommeront tôt ou tard à leur tour, comme nous l'avions fait des millénaires durant à tout ce qui existait sur cette Terre. Maïmoun dit qu'ils raconteront leur histoire et que tout sera écrit dans son Livre des vivants. Colt dit que les flamants guetteront toujours le prédateur en nous. Hypatia dit que les flamants ne choisiront jamais des noms pour nous et que leur histoire sera toujours hors de notre portée. Isaac dit que la trompette parle mieux la langue des vivants que lui. Toz dit nommez-moi ce que vous voulez, tant que je peux m'habiller de vos plumes.

— Peut-être que ce jeu de nommer et se laisser nommer n'appartient qu'à nous, répond Anath quand je l'embête avec mes questionnements. C'est simple au fond, reprend-elle. Tout ce qu'on a à faire, c'est de suivre leurs pas.

Comprendre sans nommer sans posséder est une danse. Alors nous dansons dansons dansons la danse des flamants. Et personne ne danse mieux qu'Anath. J'ai toujours admiré sa capacité de se laisser emporter par le courant. Accepter les choses et l'énigme des choses. Rire danser créer déguster aimer sans attacher à chaque acte une interrogation. Vivre avec le mystère vivre la magie. Laisser les questions planer nuages dans le ciel.

Nous ne nommons plus ne désignons plus ne définissons plus...

Ma mère me raconte combien c'était difficile de communiquer au début, entre vivants. Combien de silences et d'écoute il avait fallu avant que la parole des vivants ne dévoile sa vraie musique, l'ordre réel des mots, le flux du sens dans nos esprits tordus têtus d'humains. Parfois je surprends les regards impressionnés des premiers survivants en nous écoutant, nous les plus jeunes, converser avec les oiseaux et les arbres.

Combien de langues les humains avaient-ils inventées ? Combien en avaient-ils oublié ? Il a fallu la fin du monde pour retrouver la première de toutes les langues, celle qui nous liait à la vie. Celle qui nous liait à tous les vivants de cette terre. Celle qui nous a oté le nom de prédateur. Celle qui nous a appris à attendre attendre que la vie nous nomme.

On m'appelle vie   l'Arbre de vie
Mes racines creusent sel
Mes branches poussent temps   Mes feuilles dansent
sans lignes sans cercles sans noms la danse des vivants
Je vois Gazelle qu'on l'appelle pas Gazelle son nom
est plaine caracole   Qui danse ?
Je vois Daman pas Daman son nom est crevasses
fissures rochers faufile   Qui danse ?
Je vois Flamants pas Flamants
leur nom est
ailes battements
sel vie
Écoutez
vous entendez
sans voix
Nommez
vous vivrez
sans nom
sommes
Nous sans
nom sommes
Vivants
vivants
vivants

Les vivants ne connaissent ni le bien ni le mal. Les vivants ne connaissent pas la morale. Le haut est haut parce que le ciel est haut. On donne on donne parce que le don est don. On chante on chante parce que le chant est chant. On vit on survit parce que la survie est la vie.

C'est comme ça que commence le Livre des vivants. Le livre que mon père Maïmoun consacre ses jours à écrire.

Tout avait commencé avec les chats et les chiens. Ils avaient été les premiers à se débarrasser de leurs noms humains, se souvient mon père. Personne ne connaissait les vrais noms des vivants. Sans noms, personne ne savait qui était proie qui était prédateur. Sans noms, les chiens et les chats terrifiaient les gens de la vallée. Ceux que les prédateurs ne tuaient pas se rassemblaient en meutes. Les chiens s'emparaient des rongeurs, les chats massacraient les oiseaux, même les flamants. Une fois, ils ont tué un ibex. Prudent, l'ibex ne descend dans la plaine que pour la naissance des bébés. Les chiens l'ont tué, lui et le cabri. Ils n'ont pas pu en profiter. Les hyènes avaient vite réclamé le butin. Puis l'inévitable est arrivé. Ils ont tué un humain.

Les gens de la vallée se sont mis à les chasser à leur tour à les manger à leur tour. Tout finit par revenir à la tuerie à la mort, se désole mon père. Il fallait être plus rusé que les hyènes, plus féroce que les chats et les chiens sauvages, revendiquer de nouveau le statut d'alpha-prédateurs. Colt et Hor étaient maîtres chasseurs.

Amana et Hypatia se sont rebellées. Pas question de revenir à nos vieilles habitudes. Tuer tout ce qui nous embête. Dominer contrôler exploiter. Pas question. Nous sommes vivants parmi les vivants. Concédons aux vivants leur part de vivants.

Écoutons les oiseaux, aimons nos enfants comme les hyènes aiment leurs enfants. Elles qui élèvent en groupe leurs petits. Dansons la danse des flamants. Laissons les étourneaux et les guêpiers nous montrer les sources d'eau et les damans les meilleures grottes.

Amana était alors enceinte de moi, raconte mon père. Hypatia, réfugiée, prenait la parole pour la première fois. Ce jour-là quelque chose a changé. Leur rébellion nous a peut-être sauvés. Dès lors, Maïmoun s'est mis à écrire le Livre des vivants.

Je le rejoins à l'ombre de l'Arbre de vie qui trône au cœur du vieux fond marin. Des chemins de sel bifurquent de son tronc comme autant de racines jusqu'à la palissade calligraphiée des dessins d'Anath. Le vent fait danser les feuilles qui susurrent à mon père des secrets. Le jeu d'ombre et lumière s'imprime sur ses paupières closes. Dans sa main, une plume de flamant trace sur le papyrus des mots qui ne sont pas des mots. Des noms qui ne sont pas des noms.

Il rêve de traduire le temps des vivants, traduire la langue des vivants. J'ai envie de lui dire que c'est futile.

Je m'assois à côté de lui. Il se détache un instant de son livre et pose la main sur mon épaule en guise de shalom, sans lâcher la plume qui me chatouille la peau. Il revient aussitôt à sa passion.

J'aime ces moments de silence entre nous. Je l'observe alors qu'il tend l'oreille au bruissement des feuilles de l'Arbre de vie. Je l'entends aussi. J'entends sa voix, mais l'Arbre ne dit jamais la même chose à lui et à moi.

— Penses-tu que les vivants veulent être traduits ? dis-je enfin.

Maïmoun lève la tête vers l'Arbre.

— Traduire est un mot humain, admet-il. Que veux-tu, je suis humain.

Parle-t-il à moi ou à l'Arbre ? Il presse sa main gauche sur le sol et déplie lentement péniblement les genoux pour se mettre debout. Je l'arrête.

— Bouge pas, aba, je ne resterai pas longtemps.

— Je dois me lever de toute façon. Les tamaris m'attendent. Bien réussie la sarha ?

— Les enfants sont tous revenus.

— Ce sera alors la fête ce soir.

— Oui. Et beaucoup de kahwat nouh au repas.

Nous partons à rire. Les feuilles bruissent à leur tour. Je le soutiens alors qu'il se dégourdit les jambes.

— Va donc aider ta mère. Elle est déjà dans le champ, en train de ramasser des salicornes. Il lui en faudra une tonne pour oublier le goût des crottes de flamants, pardon, le kahwat nouh.

Avant de partir, je lui pose la question qui me tracasse depuis qu'il a entrepris cette quête.

— Aba, pourquoi veux-tu tant traduire les vivants... Pourquoi vouloir nommer la vie ? Être vivant. Ça ne suffit pas ?

Même à son âge, mon père n'a rien perdu de sa taille de grand homme. Droit comme un I, il me tapote les joues avec ses deux mains ridées en me fixant dans les yeux.

— Laisse un vieil homme à ses folies, mon fils. Toute ma vie, j'ai tenté de comprendre la parole de Dieu, laisse-moi donc tenter de comprendre les vivants.

Amana s’accroupit, passe délicatement les doigts parmi les pousses charnues, palpe les tiges vertes et pose les lèvres sur les fleurs roses.

— Hala ma salicorne. Kifik ma belle fleur ? Tout va bien ?

Elles sont de bonne humeur ce matin, bien nichées parmi les bouts fourchés des rameaux. Amana ferme les yeux, écoute leur chuchotement.

va-t-elle nous arracher ?
va-t-elle nous laisser tranquilles
encore une journée ?
allons-nous mourir et renaître ailleurs ?
qui parmi nous finira dans une assiette ?
lesquelles de nos pousses
marinera dans un bocal cornichon de mer ?

Comme elle aime les entendre parler, ces plantes que les humains ont cru muettes. Elles sont les poètes de la vallée.

— Je vous envie, vous savez? J'aurais aimé être une plante. Enracinée, ne jamais avoir à me déplacer. M'adapter à tout ce que la vie et les vivants me jettent à la figure. Les vraies survivantes, c'est vous...

murmures dans la plaine
amantes du sel amantes du vent
poussière nous chaleur
nous vivons mourons vivons
nous tenons sol entre les racines
eau dans les feuilles et les rameaux
nous là après la mort du dernier humain
après la disparition de dernier vivant
nous là
nous l'histoire
nous la mémoire

Les fleurs chuchotent entre elles. Elles se disent adieu et au revoir. Les humains mangeront leurs pétales et en feront des pommades contre les blessures et des remèdes à leurs malaises. Ils fabriqueront du savon de l'huile qui coule dans leurs veines et dégusteront leur corps entier arraché fumé cuit confit asséché... Grâce à elles, toute une vallée survit.

Amana coupera les salicornes, en fera des marinades et une belle salade ce soir. Mieux vaut en profiter avant que le goût ne devienne trop amer. Jeune, elle n'aimait pas les haricots, le destin a fait en sorte qu'elle soit entourée de salicornes, ces plantes qui se régalent du sol salin et dont on mange les pousses, bouillies ou sautées, comme les haricots, une fois que leur saveur sucrée au printemps tourne au goût aigre de l'été.

La brise est discrète. Malgré cela, la poussière de sel qui flotte dans l'air lui chatouille les narines. Un souvenir lui vient à l'esprit. Le pollen de pissenlits qui s'accrochait à ses boucles, fillette. Elle entend dans le vent alcalin la voix de sa mère la sommant de bien épousseter sa robe avant de rentrer à la maison.

— Atchou ! Mes allergies vont reco... Atchou ! Regarde-moi ta tête ! T'as les cheveux tout blancs de pollen, Amana ! Vraiment ? Qu'est-ce qui t'a pris de sortir par ce temps ! Tu veux que je fasse une crise d'asthme ou quoi ?

— C'est tellement beau, yamma ! J'ai plein de feuilles de pissenlit. Tu veux pas nous faire un bon plat de hindbé avec ça ?

— T'aurais pu ramasser un peu de zaatar ou du khoubéseh, tant qu'à faire. Va donc me chercher quelques tiges de sumac du jardin. Qu'Allah me vienne en aide, ton obsession avec les plantes va finir par me tuer. Et n'oublie pas les concombres blancs.

Elle se souvient de la fois où elle avait cueilli une quantité criminelle de concombres et les avait jetés dans un bain bien chaud. Elle avait eu l'idée de s'imbiber de leur parfum, comme les reines de Canaan. Sa mère avait failli mourir en la surprenant immergée dans l'eau chaude remplie de concombres. L'image lui arrache un rire sonore. Un blaireau butinant parmi les plantes se dresse sur ses deux pattes arrière, soldat en alerte.

— Eh ben, tu es là ! Tu viens me piquer mes salicornes, c'est ça ?

Le petit blaireau la fixe, coquin. Tel un trait de pinceau impromptu dans le paysage, ses rayures blanches et noires bifurquent de son petit nez à travers son visage velu et le long de son corps rondelet. Elle l'a déjà vu dans les parages, celui-là.

— Vas-y, fais ce que t'as à faire.

Elle tourne le dos. Deux secondes plus tard, son petit compagnon a déjà disparu. J'en profite pour me glisser près d'elle. Tout doucement. Quand elle est dans son jardin, ma mère est comme une goutte de sel dans la mer. Elle s'y fond. Part dans un autre monde. Souvent à Battir, par-delà les montagnes. Là où elle avait laissé son enfance au village. Je le sais par la chanson qu'elle fredonne aux plantes. La même qu'elle me chantait petit. Comme si elle avait pressenti ma présence, elle jette un coup d'œil furtif par-dessus l'épaule.

— Alef !

J'avance parmi les salicornes, soucieux de ne pas trop les déranger, m'agenouille et pose un baiser sur la tête de ma mère. Amana prend une grande respiration en regardant les montagnes à l'horizon et se met aussitôt à tousser.

— Ah, habibi... Ce que je donnerais pour sentir la fragrance des concombres blancs qui embaumait les terrasses de pierre sur le flanc de la montagne...

J'entre dans le jardin de ma mère comme dans une conversation déjà entamée, entre elle et elle-même, elle et le jardin, elle et le blaireau, elle et la mémoire d'un pays aussi proche qu'il est loin.

— Si la pluie avait un parfum, ce serait celui des concombres. Là, ça ne sent ni la pluie ni les concombres ni le sumac ni même les pissenlits. Ça sent la soude et l'ammoniac. Ça sent les vieux œufs et le lait tourné.

Drôle, même après tant d'années, les sens de ma mère refusent ces odeurs qui pourtant sont aussi celles de la vie, peut-être même la vie la plus belle, parce que la plus obstinée la plus résistante, celle qui ne cède pas au sel.

Ça fait vingt ans depuis l'évaporation, mille ans depuis son enfance à Battir. La perle de la Palestine, le dernier sanctuaire des paysans, où l'on cultivait encore ces fruits et ces légumes que les Israéliens avaient anéantis à coups de graines hybrides et de Frankensteins agronomiques. Loin sont les années où Amana déterrait avec son père les carottes mauves, moissonnait le blé noir avec sa mère, triait les tomates vertes. Jamais assez loin les raids des soldats qui cherchaient le moindre prétexte pour détruire arracher confisquer. La voilà pourtant, vivante survivante et épouse d'un juif israélien.

Que dirait son père ? Que dirait sa mère ? Ces questions sont toujours sur ses lèvres, surtout après une dispute avec Maïmoun.

Quand nous sommes seuls, ma mère et moi, elle me raconte les leçons de son père, qui ne ratait pas une occasion de lui enseigner ce que, selon lui, les cours de botanique à l'université ne lui apprendraient jamais. Il disait que si

Battir avait résisté aux changements climatiques et à la colonisation, c'était parce que les villageois avaient honoré leur pacte avec la vie.

Il disait : Au lieu de décapiter les monts et d'y plaquer des colonies, les villageois aménageaient des terrasses de pierre à même les flancs suivant le flux naturel de l'eau.

Il disait : Au lieu de planter les mangues et les avocats potomanes, ils plantaient les carottes les concombres les figues et les oliviers indigènes.

Il disait : Au lieu de couper les ballouts, ces humbles chênes qui ne produisaient pas de fruits, ils y greffaient les orangers.

— Il n'a l'air de rien, n'est-ce pas ? reconnaissait Saleh, le père d'Amana, en touchant tendrement le tronc d'un ballout.

Non, il n'avait rien de particulièrement attrayant ce chêne poussiéreux qui ornait la cour de notre maison, Alef, me confiait-elle, en revenant sur ce souvenir.

— C'est un arbre discret, tu sais, ma Amana ? continuait son père. Il survit en s'adaptant à son environnement. Il nourrit le sol dans lequel il a poussé. Avec ses racines, il retient l'eau et la redistribue. Ses feuilles filtrent la pluie pour qu'elle ne sature pas la terre. Ses branches contrôlent le mouvement du vent et ralentissent la déshydratation et l'érosion. Puisque c'est un bon survivant, il tombe rarement malade et résiste mieux aux espèces envahissantes et aux catastrophes naturelles. Quand il se nourrit, notre ami le ballout, comme il n'est pas gourmand, il partage les nutriments avec ses voisins, même s'ils ne font pas partie de sa famille, pour qu'ils s'épanouissent aussi.

— Au fond, le ballout est un peu comme nous les Palestiniens, yaba ?

Son père souriait.

— Oui, faits de cette terre, nous vivons pour cette terre. N'oublie jamais ça, ma fille.

— Et les fruitiers ?

— Ils sont en peu comme toi, répondait Saleh en lui pinçant le nez. Ils ont besoin de beaucoup d'entretien. Difficile quand on porte des fruits de survivre d'une année à l'autre sans un peu d'aide. Leur fragilité les oblige d'être égoïstes. Exploiter les ressources, répandre leurs graines et leur pollen le plus vite possible. Et tant pis pour les autres.

— Comment ça, les orangers et les figuiers sont des colons ?

Ah ce grand rire gras de trop de shisha, Alef, remémorait Amana. Comme j'aurais voulu que tu entendes ce rire, surtout quand il venait à la défense des arbres fruitiers.

— Mais non, ma Amana, s'empressait-il de la rassurer. Il faut aux fruitiers des voisins comme les chênes, c'est tout. Ya binti, disait-il toujours de sa voix rauque, rouillée par une vie à travailler la terre, sache que la vie est plus intelligente que nous. Elle est patiente et le temps pour elle est infini. Elle a pris des siècles à grandir et à s'enraciner. Elle a parlé au soleil et à la lune. Elle a parlé aux animaux et aux oiseaux. Elle a semé la terre et la mer. Elle a cueilli les vents et les étoiles. Même les lieux les plus hostiles couvent la vie. Il suffit de tendre l'oreille et de fermer les yeux.

Le père d'Amana lui racontait cela durant leurs interminables sarha dans les collines de la Palestine. Là, au-delà du mur, là où ni elle ni nous les enfants de la vallée, ne pourrons plus aller, de l'autre côté des monts.

À Battir, la chaleur était une chaleur belle de montagne. À Battir, le soleil piquait la peau, mais dès que la sueur s'apprêtait à percoler, une brise soyeuse caressait le corps et l'enveloppait de fraîcheur. Il suffisait de quelques minutes à l'ombre d'un acacia et ça y est.

Ma mère fait de son mieux pour ne pas le montrer, mais je sais qu'elle se languit de ce temps, à la fois si proche et hors de portée, l'air des villes juchées sur les hauteurs de la Palestine. Ramallah Jérusalem Bethléem... Elle se languit des longues sarha parmi les collines. Errer se laisser emporter par le plaisir de la marche, sans but sans direction.

— Ouain saarha? lui demandait souvent sa mère, quand elle rêvassait et oubliait de râper les carottes.

Elle me pose la même question à présent. À mes oreilles, le mot sarha ressemble drôlement à sihr, magie, car il y a quelque chose d'ensorcelant dans cette terre que ma mère conte et raconte. Magie de ces voix des ancêtres ses parents mes grands-parents qui l'habitent. Par sa voix à elle par leurs voix à travers elle, m'habite aussi la Palestine.

Amana nous rappelle sans cesse notre chance, nous les enfants de la vallée. À notre âge, faire les sarha était devenu pour elle quasiment impossible. Les errances au sein des collines sauvages, les promenades parmi les vergers, les soirées passées dans une grotte autour d'un feu à fêter sous le ciel étoilé, ces flâneries finissaient au bout d'une clôture gardée par un soldat israélien, ou par le face-à-face avec un colon armé qui les arrosait, elle et son père, d'insultes et de menaces.

Combien de nuits blanches à veiller sur les oliviers ? Combien de crachats de colons reçus au visage ? Combien de jours sans eau sans électricité, les citronniers assoiffés, alors que le colon à côté vampirisait les puits, remplissait sa piscine et arrosait les avocats ?

Elle n'osera jamais l'avouer devant les autres, mais pour Amana, l'évaporation a été une bénédiction. Vingt ans qu'elle fait la descente quotidienne : en partant des grottes et des oasis, elle traverse les ruines de la station balnéaire d'Ein Gedi jusqu'au lit de la mer. Elle s'est soumise à la vie à ce même endroit et la vie lui chuchote ses secrets, grain de sel après grain de sel plante après plante fleur après fleur. Elle ne verra peut-être jamais les collines de son enfance par-delà le mur, ne mangera plus jamais une clémentine, ne cueillera ni le zaatar ni le miramiyyeh. Le thym et la sauge poussent dans la fraîcheur de la montagne. Mais voilà qu'un autre monde respire.

À la place des herbes, elle ramasse les salicornes, ce que les ballouts faisaient pour les fruitiers, les tamaris le font pour les vivants. Le vert et brun chocolat du sol humide de sa jeunesse à Battir est le rose et blanc de sa vieillesse dans la vallée. L'ennemi du passé est aujourd'hui son compagnon de vie.

— Penses-tu yamma que ton père... jiddo Salah, aurait accepté Maïmoun ? lui avais-je demandé une fois.

— J'aimerais croire, mon Alef, que s'il nous voyait travailler la terre, vivre avec le sable et le sel, et s'il t'avait vu, toi, il aurait été heureux.

Ils sont morts, enterrés avec la première vague de la maladie du sel. Ses parents mes grands-parents. Morts et enterrés avec la planète entière. Ils appartiennent à une autre ère un autre univers une autre histoire.

Amana balaie le jardin de salicornes des yeux. Elle s'était mise à cultiver dès l'arrivée des survivants à Ein Gedi, après le grand trek. Au départ, on la prenait pour une folle. Comment faire pousser quoi que ce soit dans le désert, à même le lit de la mer Morte ? Pourquoi s'entêtait-elle à planter parmi les geysers les crevasses et les dunes de sel, exposés au vent mortel et aux prédateurs ? Surtout qu'il y avait les sources d'eau et les oasis pas loin ?

Je me demande aussi parfois ce qui la pousse à venir ici, où c'est plus difficile de cultiver.

— Tu es un enfant de la vallée, Alef. Tu es vivant. Tu n'as aucune idée du caractère des humains et de leur appétit, m'avoue-t-elle dans ces moments. Ils ne tarderont pas à sucer les oasis jusqu'à la dernière goutte. Pêcher les rougets et les mulets qui survivent dans les eaux d'Ein Fashkha et de Wadi Arraija jusqu'à les faire disparaître, comme ils l'ont fait auparavant. Difficile de changer les habitudes, même si j'ose croire qu'une autre manière de vivre a su naître parmi nous.

Avec les années, les salicornes qu'elle a plantées se sont répandues du bord jusqu'au centre de la mer. Elles embrassent les passages et les îlots de sel, tapisserie de rose de vert et de blanc. On ne les voit presque pas ces temps-ci, surplombées comme elles le sont par les flamants.

— Je viens te donner un coup de main, lui dis-je.

— Pas besoin habibi, j'ai presque terminé. Les crottes de flamants par contre... Si tu veux qu'on fête le retour des enfants après la sarha...

Je souris. C'est sans doute la seule chose que ma mère n'arrive pas à apprivoiser. Cueillir puis cuir les crottes de flamants. Ça la renvoie trop aux premiers jours de la catastrophe, à la faim au désespoir. Pourtant c'est elle qui en avait eu l'idée, en s'inspirant d'un vieux rituel de café. Je ne me lasse jamais de cette histoire, surtout les fois où elle la raconte durant les dhikr.

— Avant..., commence-t-elle, il y avait des jungles et des îles.

— Avant

Avant, répétons-nous en chœur.

— Avant, les jungles et les îles portaient des noms comme des contes.

— Avant

Avant

— Avant, le café poussait au Yémen en Éthiopie en Indonésie.

Et nous récitons les noms des pays des villes et des îles :

— Yémen

Éthiopie

Indonésie

— Avant, les vivants mangeaient les cerises de café à l'île de Sumatra.

— Avant
Avant
Avant !

— Avant, on appelait les vivants, civettes. Et les civettes ne digéraient pas les graines. Et les graines les civettes les rejetaient, excréments.

Avant, les gens de Sumatra lavaient séchaient grillaient les graines retirées des rejets et le café avait le goût de caramel.

Avant, le café avait encore un nom, le café des civettes, Kopi luwak.

— Kopi luwak
Kopi luwak
Kopi luwak !

Et ainsi va l'histoire des crottes de flamants qui enrobent graines algues crustacés. Les civettes de Sumatra nous ont montré la voie. Nous avons récolté la nourriture des rejets des flamants. Et on a donné à cette nourriture un nom d'après le nom du café des civettes. Kahwat nouh, le café de Noah, le café des crottes qui nous a sauvés, la nourriture préférée des enfants de la vallée. Kahwat nouh pour ne pas dire excréments. Comme quoi, nommer les choses c'est parfois aussi ne pas les nommer.

— Je m'occupe du kahwat nouh, yamma. Comment l'as-tu su ? Que les enfants sont tous revenus ?

— Les bonnes nouvelles se répandent vite. Surtout parmi les arbres et les plantes. Regarde donc comment les tamaris dansent.

Les tamaris ondulent au loin dans le vent. Les arbres caressent les dunes et la palissade de sel, collier autour du cou de la mer. En floraison, on dirait des bougainvilliers. Un autre de ces mots du temps d'avant.

Amana place la main horizontalement par-dessus ses yeux. Le soleil est déjà trop fort. Parmi le fuchsia ouaté des tamaris, Maïmoun est sans doute en train d'extraire la manne sucrée des branches. Si nous sommes chanceux, nous en aurons assez pour un bon dessert.

Soudain, quelque chose vibre sous nos pieds. Le même frisson que nous avions ressenti Anath et moi dans la tour de surveillance.

— Shou had ? L'as-tu senti ? s'inquiète ma mère.

Les flamants s'animent à l'horizon, perturbés eux aussi. Une vague d'ailes remonte, reste suspendue une ou deux minutes et retombe.

J'essaie de la rassurer.

— Akeed c'est rien. Soit Maïmoun a fait une gaffe et a dérangé les flamants, soit un prédateur quelconque a tenté une chasse. Désolée yamma, mais les salicornes qui se sont enracinées au cœur de la colonie ne survivront pas à la commotion.

— Bon, mon ami féru de salicornes va régaler. Quel butin ! répond enfin ma mère, mettant de côté l'étrange vibration.

Les petits blaireaux et les damans s'aventurent rarement loin de leur cachette parmi les rochers. Les salicornes écrasées sous les pattes des flamants en revanche, c'est un festin qui mériterait le risque. Ça arrange Amana, tant qu'ils se concentrent sur les tiges brisées et les fleurs piétinées, ils laisseront ses salicornes à elle tranquilles.

— Toute cette agitation va donner plein de kahwat nouh en tout cas, les enfants seront heureux, renchéris-je.

Amana fait une grimace, un peu dégoûtée. Depuis qu'elle n'a plus à en manger, le kahwat nouh n'effleure jamais ses lèvres.

Je ris. Sa grimace enfantine rajeunit ma mère de trente ans. Je vois pour un instant la jeune fille qui aimait tant se baigner avec les concombres blancs.

Caché au milieu des tamaris, Maïmoun observe Alef parmi les flamants, occupé qu'il est à remplir son panier de papyrus de kahwat nouh pour la fête de ce soir. Quand son fils est avec eux, son corps se transforme. Alef parle souvent d'Anath, de sa relation aux vivants, comme si lui était plus humain. Son fils est bien plus flamant qu'il ne le croit.

Du cœur de la colonie, le vieux compagnon de Maïmoun, le plus rose du paquet, veille aussi sur Alef à son insu. La présence du flamant rassure le rabbin. C'est le même qu'il avait rencontré il y a vingt ans. Celui qui lui avait donné espoir, alors qu'il s'apprêtait à mettre fin à sa vie. Cerf-volant dans la lumière tamisée de l'aurore, comme par miracle, le flamant était apparu. Il était arrivé d'abord seul, en éclaireur. Ils étaient deux, la vallée entière leur appartenait, lui, le corps maigre, écorché par la faim et la soif. Et le flamant, grand, flamboyant. Maïmoun avait abandonné l'hôtel où s'étaient cantonnés les survivants. Il avançait pieds nus sur les banquises de sel, laissant une traînée de sang sur la surface dentelée. Il avait enlevé ses sandales. De toute façon, elles étaient si trouées qu'elles ne servaient à rien. Ensuite, il s'était libéré de ses vêtements. La Torah dans sa main, il avançait en demandant pardon pour ce qu'il avait décidé de faire. Pardon pour ce qu'il avait déjà fait et qu'il ne pourrait jamais défaire. Le mal infligé à cette terre à son peuple, sa complicité sa cécité. Ceux qui s'étaient suicidés au tout début de l'évaporation avaient raison. Il s'était résolu à s'abandonner au sel lui aussi. Se laisser dévorer par le marais toxique qui dans sa jeunesse était une mer turquoise. Mourir dans la mer Morte lui semblait d'une telle cohérence. Ici tout près de la forteresse de Massada, ses ancêtres avaient choisi la mort collective face à la défaite. Lui avait choisi la mort dans la solitude. La seule conclusion possible à une vie d'aveuglement et de complaisance.

Le flamant atterrit devant lui. Il étira le cou. Le courba en un s élégant et plongea le bec dans son plumage. Déplia une aile. La replia. La rouvrit de nouveau avant de relever la tête au ciel.

Et à gauche.

Et à droite.

Et à gauche.

Le flamant tournait la tête comme une ballerine. Les pattes submergées dans le marais pâteux, il tap-tap-tapota le fond et plongea la tête dans l'eau. La releva la replongea la releva. Sa danse ponctuée d'appels.

Les cris de l'oiseau, d'abord aléatoires aux oreilles de Maïmoun, se transformèrent en motifs. Les motifs en battements suivant la danse du flamant. Les battements en syllabes, les syllabes en mots. Les mots en...

Comment était-ce possible ? Était-il viré fou ? Le flamant dansait sa danse. Chantait son chant. Maïmoun ne sut pas à quel moment le bruit devint son le son phrase la phrase langage le langage appel l'appel parole.

Place pas ta place
Pas ta place pas
Humain

— Je veux... veux mourir, je...

Meurt pas meurt
Mer meurt pas
Meurt mer
Mer
Mer

Les ailes se déployaient au fur et à mesure que la parole du flamant s'amplifiait. Il était deux fois plus grand.

— Laisse-moi passer. Je t'en prie... supplia Maïmoun.

Vive ceux vive
Qui veulent vivre
Vivre qui veulent vivre
Vivre qui
Veulent vie
Vie
Vie

— Je veux mourir !

Le flamant plongea la tête dans la flaque saumâtre, ignorant l'homme nu. Maïmoun s'écroula sur ses genoux ensanglantés et s'effondra en larmes. Le flamant releva la tête, avala la nourriture filtrée dans son bec, puis le fixa de ses yeux rouges.

Une rafale balaya le sable. L'oiseau sonda le ciel. Une vague rose déferla sur la mer Morte ses flaques et ses marais. Des centaines et des centaines de flamants. Maïmoun n'en croyait pas ses yeux. Il tenait encore le livre sacré entre ses mains, pressé contre son torse. Partout autour de lui les flamants volaient. Tourbillon de couleur chaleur douceur. Les plumes virevoltaient le caressaient. Il était si subjugué qu'il n'avait pas senti la présence de la femme derrière lui. Ni le drap usé déposé sur son corps frêle. Elle s'était agenouillée à côté de lui, serrant le drap sur la nudité du rabbin.

Il était terrifié. Cette femme inconnue était-elle l'ange de la mort ? Venait-elle se venger ? Pire, se moquer de lui ? Elle n'avait rien dit, elle regardait simplement le spectacle des flamants, aussi émerveillée que lui. Le reste du groupe tâtonna des immeubles abandonnés. Comme des zombies, femmes hommes et enfants se joignirent au couple.

Des murmures circulaient à travers la polyphonie de cancans. Les humains se regardaient, incrédules, chacun se demandant s'il était seul à comprendre les sons qui jaillissaient des cris des oiseaux. S'ils hallucinaient, si la faim la soif le désespoir leur avaient volé ce qui leur restait de raison.

Ce n'était pas une illusion. Ils entendaient. Entendaient.

Vi-vi-vi-vie ! criaient les flamants
La mer Morte éclatait de vie.
Vivants
Vivants
Ils étaient vivants.

Les rayons du soleil levant se réfractaient sur le sel, égayant le rose électrique des flamants. Jamais la vallée n'avait été si belle, enrobée de la nacre de l'aube.

Ils étaient vivants. Vivants parmi les vivants. Ni plus ni moins ni haut ni bas. Les flamants leur ouvraient le cercle. Dans le cercle des vivants, ils n'avaient ni début ni fin. Dans le cercle, ils n'étaient ni humain ni animal ni oiseau ni poisson ni plante ni arbre ni sol ni sel. Ils étaient terre. Ils étaient ciel. Ils étaient graine. Ils étaient excrément. Ils étaient tout en tout en tout. Ils étaient langue. La langue de la vie. Vivants.

Pendant les jours et les semaines qui suivirent, les humains survivaient sur ce que les flamants filtraient de nourriture. La mort était toujours là, et la faim, mais ils n'étaient plus seuls et entendaient la langue de la vie. La langue des vivants. Ce qui sonnait encore étrange et saccadé, phrases entrecoupées de sons inintelligibles, mots sens dessous dessus, coulait coulait rivière coulait chant coulait danse.

Langue commune ou pas, d'autres ne voyaient dans les flamants qu'une proie facile. Pourquoi vivre de leurs excréments si l'on pouvait se délecter de leurs œufs, se gaver de chair de cœurs et de foie ? Une fois les premiers œufs pondus, Hor et les survivants de ses troupes avaient razzié la colonie. Les cris désespérés des flamants avaient fait remonter dans la mémoire de Maïmoun ces jours noirs où il observait de son balcon les soldats démolir les maisons des Palestiniens, juste de l'autre côté de la clôture. C'en était trop. Fini. Assez ! Le flamant ne l'avait pas sauvé pour qu'il soit de nouveau complice de la cupidité et de l'avarice des humains.

Révolté, il avait formé une ceinture autour de la colonie avec une dizaine de survivants. Son bras entrelacé dans celui d'Amana. Sentiment de familiarité instantanée. Comme si son bras avait été fait pour les courbes et les angles de cette femme. Cette femme qui autrefois aurait été debout face à lui, son ennemi. Elle avait couvert sa nudité et lui avait redonné ce qu'il pensait avoir perdu à jamais. Sa dignité. Confronté à la révolte, Hor n'avait eu d'autre choix que de reculer.

Il avait pourtant raison sur une chose : si les survivants s'entêtaient à rester parmi les ruines des stations balnéaires et de l'usine de décantation, ils allaient tous mourir. Sinon de faim, de la chaleur. Ou encore au fond des crevasses et des geysers qui avalaient la terre.

La communauté s'était résignée alors à faire le grand trek vers le bassin nord de l'ancienne mer, là où il y avait davantage de sources d'eau fraîche parmi les ravins et à l'intérieur des cavernes sur les flancs des monts. Quelque chose d'extraordinaire était alors arrivé : les flamants les avaient suivis. Tout au long de la longue marche, ils volaient par-dessus. Les protégeaient-ils du soleil et des tempêtes de sable ? Ou est-ce qu'ils les surveillaient ? Ils avaient abandonné les pans de décantation eux aussi et s'étaient installés dans le marais du bassin nord, pas loin des survivants qui avaient trouvé refuge dans les grottes et parmi les oasis d'Ein Gedi.

Alef salue son père de loin. Son fils, premier enfant flamant, cueille les crottes, et les plus jeunes les grillent et en font du kahwat nouh à présent. Dans un autre temps un autre lieu, Maïmoun aurait appelé ça un miracle. Il s'est toujours posé la question du pourquoi. Dans le monde du sel et des lacs saumâtres, celui qui vit dans le sel et mange les algues des lacs alcalins est roi. Pourquoi côtoyer les humains qui ne peuvent ni survivre dans le sel ni se nourrir d'algues ?

Le vieux flamant ne lui a jamais donné une réponse claire. Après tant de danses et tant de battements, il se contenta d'une cadence.

Roi n'existe
N'existe roi que
Dans l'esprit-rit-rit
Des humains

Les branches du tamari bruissent merci. Comme des amis qui restent un peu trop longtemps après la fête, les cochenilles, ces petits insectes suceurs de sève, sapaient l'arbre jusqu'au noyau.

— Bon, je pense que j'en ai assez pour Amana, et même pour Toz et ses teintures, se dit Maïmoun en examinant la quantité de manne et de kermès qu'il avait extraite des cochenilles vivant sur les tamaris.

« Les enfants d'Israël mangèrent la manne pendant quarante ans, jusqu'à leur arrivée dans un pays habité ; ils mangèrent la manne jusqu'à leur arrivée aux frontières du pays de Canaan. »

Maïmoun chuchote à lui-même l'extrait de l'Exode 16, vieux réflexe de rabbin. Si Amana était là, elle lui répondrait par le verset de la sourate d'*Al-Baqara* qui, selon elle, raconte mieux l'histoire.

« Nous fîmes descendre les nuages, pour vous servir d'ombrage : nous vous envoyâmes la manne et les cailles, et nous dîmes, Nourrissez-vous des biens que nous vous offrons. »

Hypatia aurait mis fin à leur petite joute de qui-connaît-mieux-les-soi-disant-paroles-de-Dieu avec l'un de ses faits scientifiques.

— C'est pas compliqué, et ça n'a rien à voir avec vos dieux crétins. Les tamaris exsudent la manne quand ils se font piquer par les cochenilles. Heureusement, c'est comestible et en plus ça goutte le miel.

Ce à quoi Toz, maniaque de produits « naturels » du soin du corps, aurait répliqué :

— Heureusement *pour vous*, moi je savais comment m'en servir !

La scène arrache à Maïmoun un petit rire qui chatouille le tamari. Il l'ajouterait volontiers au Livre des vivants rien que pour amuser l'Arbre.

Avant de partir, il jette un dernier regard sur la colonie de flamants. Ses yeux se sont habitués à la lumière opalescente. Sa peau est rayée de lignes blanches, là où le sel s'est incrusté dans ses rides. Maïmoun n'arrive toujours pas à croire que ce sel qui a tué des millions et des millions d'humains puisse imprégner de manière aussi docile sa peau. Pourquoi lui et tous ceux qui ont survécu avaient-ils été épargnés ? La question le hantera toute sa vie.

Il avait cherché les réponses partout. Après la Torah la Bible, après la Bible le Coran, après le Coran le Veda, après le Veda le Tripitaka, après le Tripitaka il avait puisé dans la sagesse des peuples enracinés et ce que l'on a transcrit du savoir des peuples nomades, des animistes et des spiritualistes. Eux qui écoutaient les arbres les animaux les oiseaux alors que l'humanité ailleurs se contentait de parler à elle-même. Il s'était mis alors à écouter lui aussi la langue des vivants. Sans s'en apercevoir, la question était devenue la réponse.

Avant l'évaporation, il était comme tous les Israéliens, embêté par ces Palestiniens qui luttaient luttaient. Ces Palestiniens qui n'acceptaient pas leur destin. C'est vrai, il faisait sa part pour la paix, il voyait la nécessité de partager la terre, mais lui-même n'avait jamais considéré d'abandonner sa maison bien nichée dans la colonie par-dessus les ruines d'un village palestinien dont il ne connaissait même pas le nom. Il vaquait à ses affaires de bon rabbin – mariages, circoncisions, bar-mitsvah –, prodiguait des conseils et leçons sur la manière de pratiquer le mikvé, faire les prières, tenir les tefilla, arbitrait occasionnellement les disputes entre laïques et croyants... Tout cela sans perdre une minute de sommeil sur ce qui se passait à quelques mètres de lui. Dire qu'il était devenu la personne à consulter sur toutes les pratiques et croyances des habitants de la vallée !

S'ils s'étaient rencontrés avant le sel, lui et Amana n'auraient eu aucune chance. Vingt ans plus tard, ils sont ensemble. Il a fallu qu'il meure avant qu'il ne puisse renaître auprès d'elle. Ils sont tombés amoureux alors que tout le monde périssait autour d'eux et ils ont fait un enfant alors qu'ils se croyaient infertiles.

Il ne sait pas à quel moment le regard d'Amana avait changé envers lui. À quel moment avait-il cessé d'être le colon le juif suicidaire ? Quand est-ce qu'il était devenu tout simplement un homme ? Est-ce que c'était au moment où elle avait cessé d'être la Palestinienne à ses yeux? Est-ce que c'était au moment où elle avait laissé parler son corps?

Il la voit, comme si c'était hier, nue dans l'étang chaud. Elle frôlait les quarante ans. Amana avait les contours pétris d'une femme qui en avait trop vécu pour son âge. Il n'arrivait pas à dormir ce soir-là. Réveillé par un bruissement, il était sorti de la grotte et avait entrevu la silhouette de la femme se faufilant parmi les rochers. Une onde de tendresse l'avait traversé. Troublé, il l'avait suivie. C'était plus fort que lui. Un appel. Il avait le sentiment qu'elle le savait là, présent. Elle se retournait, alertée par un pas maladroit et le crissement du sable sous les pieds de Maïmoun. Puis elle poursuivait sa démarche jusqu'à l'oasis. Au bord de l'eau, elle avait laissé glisser la robe brodée aux couleurs fades sur le sol, révélant une peau ambrée qui par endroits, tatouée de sel, brillait bronze et cuivre.

Le cœur de Maïmoun battait la chamade. Il avança lentement vers elle. Elle ne bougeait pas. Tout comme elle l'avait fait pour lui, alors qu'il s'apprêtait à se donner la mort au bord du marais, il posa ses mains calleuses sur ses épaules. Elle ne se raidit pas. Sans se retourner, elle prit ses mains et les guida doucement le long de ses bras ses seins sa taille ses hanches. Les jambes de Maïmoun flageolaient. Elle le serra alors, dos contre poitrine, son membre frisant ses fesses, son souffle sur la nuque de cette femme désir femme flamant femme vie.

— Ilmisni... lui chuchota-t-elle, toujours sans se retourner vers lui.

C'était un mot arabe. Il ne le connaissait pas, mais en cet instant-là, il l'avait compris comme seuls deux amants le pouvaient. Elle lui disait : Caresse-moi.

Il se libéra de ses vêtements et l'enveloppa entière. Sa main droite glissa jusqu'à la forêt brune entre ses jambes. Les doigts exploraient les lèvres humides. Un grand et profond soupir s'échappa d'elle. Elle écarta les jambes et courba le dos pour mieux se coller à lui, mieux lui ouvrir le chemin vers elle. Ils firent l'amour, là, debout, comme les flamants. Ils dansaient comme les flamants. Ils se caressaient de ces caresses qui ne laissaient aucune partie du corps se détacher, se frottaient peau contre peau, comme s'ils craignaient de s'effriter sel dans l'obscurité. Il se retenait jusqu'à la douleur pour ne pas relâcher le désir trop vite. Il voulait tenir ce corps près de lui jusqu'à l'éternité, s'enduire de sa sueur, s'inonder les narines de son odeur, embrasser les plis de son ventre, enfouir son visage dans ses boucles. Une vibration parcourut son amante et se transféra à lui, l'envahit d'une telle extase qu'il s'écroula, pleurant à chaudes larmes.

Sans s'en rendre compte, Maïmoun lâche une grande expiration qui fait frémir les tamaris. Le frémissement ondule à travers la plaine, parmi les flamants, jusqu'au cœur de la colonie, à des dizaines de mètres de la bouche qui avait échappé le soupir. Enfoui parmi les siens, le vieux flamant, frôlé par le souffle de son ami, relève la tête.

Le flamant scrute le champ de tamaris, tout en observant Alef dont le panier est presque plein de kahwat nouh à présent. Maïmoun sort de la relative fraîcheur des arbres. Son vieux compagnon ailé doit approcher les quarante ans, se dit-il. Les flamants peuvent vivre jusqu'à soixante ans. Maïmoun appréhende le jour où son ami ne reviendra plus de ses migrations. Il espère qu'il élira la mer Morte pour dernier lieu de repos. Qu'il ne lui fera pas le mauvais coup de mourir de l'autre côté du voyage. Qu'il donnera à ce pauvre humain la chance de lui dire adieu. Maïmoun a remarqué que le flamant ne participe presque plus aux parades nuptiales. Cela fait un bout qu'il l'a vu s'accoupler ou couver un œuf. À soixante-dix ans, Maïmoun est prêt à mourir lui aussi. Oui, il est prêt. Il rêve de mourir avec son compagnon.

Soudain, une déflagration retentit. Les flamants bondissent d'un coup. Maïmoun perd pour un instant Alef de vue. Il paraît disparaît, sa silhouette cillant dans le chaos d'ailes paniquées. Alef, le panier à ses pieds, lève les bras vers les flamants. Ses mouvements dansent avec les flamants les rassurent les appellent.

Boum.

La danse est cassée. Alef, figé, a les yeux rivés sur un endroit au centre de la colonie.

Boum.

Une autre déflagration.

Alef prend le panier et se précipite vers les tamaris pour rejoindre son père.

Maïmoun frissonne.

Il connaît ce bruit, il ne le reconnaît que trop bien.

Écho j'entends moi
Ankabout le bruit
le son cours écho
Cours humain cours
loin des noms
parmi nous cours de
Moi la vie de
Moi la mort de
Moi le vrai de
Moi le mensonge de
Moi le passé
l'avenir
le présent de
Moi je tisse
tisse
tisse

Le temps qui n'oublie pas

Hor inspecte les trous dans le mur. Maintenant que la visite des enfants est faite, il peut reprendre sa routine. Réflexe de militaire. Faire le tour des lieux qui vingt ans plus tôt séparaient la vie de la mort, ou devrait-il dire, la mort de la vie. Il y a les barrières qui divisaient l'espace à l'intérieur même de la vallée, alors que les autorités croyaient encore à la possibilité d'empêcher la progression du sel en isolant les zones saines de celles contaminées, puis il y a le mur qui servait à contrôler les entrées et sorties de la vallée, trier les évacués des rescapés des réfugiés des sans-papiers. Ce mur, devant lui.

Ce mur auquel sont accolés tant de cris tant de voix. Ce mur dont le langage, Hor est le seul à comprendre. Ce mur connaît ses secrets et Hor connaît les siens. Ils ont conclu un pacte. Pas comme celui des habitants avec les vivants. Non pas un pacte de vie. Un pacte de mort. Le jour où il franchira les limites du mur, Hor ira à sa mort. C'est très bien comme ça, merci. La certitude quant à son sort lui permet de se passer de toutes les règles de la vallée, de prendre tous les risques. Il n'a jamais eu à apprendre la langue des vivants. Tant mieux car il n'a jamais pu l'entendre. Vivant, il est sourd-muet. Humain, il a toutes ses facultés, tous ses pouvoirs. Son pacte avec le mur est plus fort que tout ce que les vivants peuvent lui offrir. Il peut aller là où il veut dans cette vallée, même se promener au milieu d'une commune d'hyènes, leur river un morceau de butin, manger à côté d'elles, sa bouche aussi ensanglantée que leurs gueules de bêtes.

Oui c'est une bête, l'hyène. Une simple bête. Une machine à chasser à reproduire à chier à dévorer. La recycleuse de la vallée. Surtout ne rien gaspiller. Regarder des hyènes se régaler d'une proie, quel spectacle! À la fin, il ne reste plus rien, même pas les os. Les hyènes sont les seules à pouvoir broyer les os les avaler les digérer et neutraliser les bactéries des cadavres qui pourrissent sous le soleil pendant des semaines. Elles sont des bêtes, oui, quelles bêtes! Son seul regret, en tant qu'humain incapable de parler la langue des vivants, c'est de ne pas pouvoir exprimer aux hyènes son admiration.

Tant pis, ils se parlent en fait, tout le temps, lui et les hyènes. Lui et les vautours. Lui et les rapaces. Lui et tout ce qui tue. La langue des prédateurs. La langue de la survie. Qui veut être égal à la vie, quand on peut sauter par-dessus la vie? Être la sur-vie. Comme les humains d'avant le sel étaient des surhumains.

Hor marche parmi les hyènes, confiant et assuré de sa supériorité et de sa fin. Ce n'est pas dans la gueule de l'une d'entre elles qu'il rendra son dernier souffle. Il ne sera jamais proie ni chair ni viande. Mort, il ne sera pas une offrande aux charognards. Encore une idée farfelue des gens de la vallée. Offrir les morts aux vivants au lieu de les enterrer ou de les brûler. « Revenir au cycle de la vie » qu'ils prétendent ! Cycle-bicycle ! C'est ce qui arrive à ceux qui mangent trop de crottes de flamants. Ils sortent avec des idées pareilles ! Le seul avantage, c'est que c'est plutôt propre et efficace. Pas de corps à enterrer et la faim des grands chasseurs de la vallée est assouvie. Il faut leur donner ça. Peu importe ! Cette petite danse d'adieu au revoir mange-moi je te mange, ce n'est pas pour lui. Quand il mourra, il n'y aura pas de corps. Il ne sera pas tué ni par les chacals ni les serpents ni les araignées venimeuses ni les plantes toxiques, pas plus que le sel n'a pu le tuer. Il le sait, et les vivants le savent. Il n'est ni vivant ni tout à fait humain. Il est un mur. Le mur est son début et sa fin.

Il va falloir t'abattre un jour mon vieux, souffle Hor au mur. C'est le pacte. Ils mourront ensemble, un tas de pierres de béton de débris. Ce qui reste des postes de contrôle plantés à chaque kilomètre n'a plus rien à cacher aux habitants de la vallée. De toute façon, le mur est tellement troué qu'il ne sert pas à grand-chose, à part son statut de témoin de la vie avant l'évaporation. Il a accompli sa mission. Personne dans la vallée n'entretient même la possibilité de partir. Aller au-delà de la barrière naturelle des monts qui encerclent la vallée. Ces monts derrière lesquels se cache la Méditerranée. Ces monts qui bloquent la pluie et assèchent la vallée. Ces monts sans lesquels la mer Morte n'aurait jamais existé. Ni désert. Ni évaporation.

Pour quoi faire ? Risquer la mort alors qu'on a tout ici. Une vie, difficile, une vie quand même, une communauté, petite, qui a réussi à créer ce que des civilisations entières n'avaient pas pu créer, une société où l'on ne cherche pas à dominer, ni à s'entre-tuer. Hor sourit malgré lui. Ce discours doucereux l'amuse autant qu'il lui tombe sur les nerfs. Lui, en tant que soldat, se serait débarrassé de quelques fainéants que le filtre naturel de l'évaporation n'a pas éliminés. Bah !

Il contemple le mur. Ils vont finir par te détruire, mon vieux, comme tout le reste, c'est certain. Hor se le répète sans cesse, sans qu'il n'arrive à s'y résoudre. Dieu sait qu'elles rêvent de voir toutes les barrières tomber, les deux pseudo-générales de la vallée, Hypatia et Amana. Vingt ans que le débat dure. Et à chaque palabre autour de l'Arbre, il réussit à garder le cap, grâce à quelques bonnes âmes à la mémoire longue, dont Maïmoun, le mari d'Amana. Non, le compagnon, ouf ! Peu importe. Cette histoire de nommer pas nommer les choses l'énerve au plus haut point. Heureusement, il y en a qui se souviennent encore. De la peur du chaos du chacun-pour-soi des massacres de la barbarie.

Une marée d'émotions lui monte soudain à la gorge. Non. Non arrête arrête ! Hor donne un grand coup de poing au mur, qui le lui rend avec autant d'énergie. Il secoue de douleur sa phalange ensanglantée. Reste-là où tu es, loin de moi ! Il ravale le reflux nauséabond de souvenirs et le pousse vers le bas. Trop tard. Un vomi d'images de visages de bruits de cris jaillit du fond de son ventre. Le voici au poste d'observation de la tour de surveillance, avec vue sur toute la vallée. Au pied de l'immense structure cylindrique, rang après rang d'âmes désespérées, accolées au mur, bras tendus vers le haut. Elles se bousculent s'écrasent, les unes grimpent sur les corps meurtris des autres. Derrière la vitrine, il n'entend pas le chœur macabre. Ni le craquement de crânes sous les pieds. Pourtant ils sont là, en lui. Les vivants ont peut-être réclamé leur place. Il a beau écouter les bulbuls chanter. Il a beau s'envelopper du caquètement des flamants en chaleur. Comme un serpent, le mur siffle dans son oreille. Lui dit qu'il n'échappera pas à son passé. C'est pourquoi il n'a jamais pu participer aux soirées de dhikr. Ce serait lui demander de tourner le couteau dans la plaie. Il ne pourra jamais. Jamais ! C'était déjà assez pénible les palabres autour de l'Arbre de vie, où il devait confesser devant tout le monde ses erreurs et ses crimes de général-major.

Maïmoun a le don d'octroyer des pouvoirs magiques à chaque faux pas des vivants. Cet arbre avait poussé au beau milieu des banquises de sel, au milieu de la mer, avant même qu'elle ne s'évapore. Ce n'était à vrai dire qu'un piège à touristes. L'arbre le plus photographié de la planète ! Venez voir l'arbre de la mer Morte ! Les gens débarquaient de tous les coins du monde, échangeaient sur les médias sociaux des astuces sur comment s'y rendre (pas facile, nager dans une mer où l'on flotte comme des poissons morts). Ils se ruaient sur l'arbre anorexique.

Voilà, c'est autour de ce même arbre que les bonnes gens de la vallée, sous la direction de Maïmoun (qui se prend pour le traducteur spirituel des vivants) se réunissent. Quelqu'un est né ? Rendez-vous autour de l'Arbre. Quelqu'un est mort ? Même poste même heure. Y a un conflit, eh ben, on se retrouve autour de l'Arbre ! Et il y en avait des conflits ! C'était comme si le sel les vivants et les dieux avaient comploté pour concocter la situation la plus explosive : allez, que se passerait-il les amis si... on mettait ensemble dans une vallée une Einstein mégalomane une Mère Teresa jardinière un rabbin un soldat un pédicure quelques colons et des touristes ? Hor aurait bien aimé être autour de cette table-là, avec les vrais maîtres qui s'amusent à jouer avec le destin des humains. En tout cas, la conversation serait bien plus intéressante que celle qu'il doit subir régulièrement autour de l'Arbre de vie.

Il lève les yeux vers le ciel bleu. L'air frais du printemps résiste de moins en moins à la chaleur envahissante de l'été. Bientôt le rythme de la vie sera inversé. Tout se fera la nuit. Comme dans le bon vieux temps du mois de Ramadan, la vallée hibernera jusqu'au coucher du soleil. À la lumière des torches, elle se réveillera, toute fébrile.

Un épervier plane juste au-dessus de lui, un objet entre les griffes.

— Qu'est-ce que t'as chopé, petit rapace ?

L'épervier tournoie sur place.

— Ça n'a pas l'air très goûteux ton butin.

L'oiseau lâche prise et s'éloigne. Un vieux casque militaire tombe aux pieds de Hor. Largué par Dieu sait quel diable. Un casque qui a sans doute appartenu à l'un de ses soldats.

Il les voit, cantonnés au checkpoint, face à la meute déchaînée. Rien de plus dangereux qu'une foule qui n'a plus rien à perdre. La plupart des gens montraient déjà des signes du fléau, leur peau luisait des particules de sel qui dévoraient lentement leur chair. Et lui, du haut de sa tour, surveillait l'opération.

Les ordres étaient clairs. Pas une seule personne ne devait passer, sinon c'est l'exécution au tribunal militaire. Mesures extraordinaires pour une situation extraordinaire, disaient les autorités. Ils mettaient la hache aux droits aux conventions aux traités avec une telle frénésie qu'il avait du mal à suivre. Son ordinateur crachait les mémos annonçant telle nouvelle mesure et telle nouvelle exception toutes les heures, sinon toutes les minutes. Le monde s'effondrait, les institutions, les dernières prétendues sentinelles de l'humanité enlevaient leurs masques. Lui et sa division, les derniers boucliers. Les derniers gardiens de la frontière entre apocalypse et civilisation. Il ne pouvait plus rien pour ces malheureux qui tentaient d'escalader le mur.

Comme c'est simple, dit comme ça. Envoyer ses soldats mourir, ou tuer leur propre peuple. Leur faire commettre les atrocités télécommandées depuis le quartier général protégé sous la coupole hermétique, construite, disons-le, à une vitesse éclair. Après tout, n'est-ce pas justement pour ça qu'on les avait entraînés ? N'était-ce pas le premier mandat du Commandement du Front intérieur, dont lui, le général-major, était le chef ? Il connaissait les points sur le bout des doigts, puisqu'il les avait lui-même rédigés :

> Un — Préparer et exécuter des plans de protection civile pour tout le pays et tout son territoire.

> Deux — Construire un système de détection, d'identification et de décontamination des zones touchées par tout assaut chimique ou biologique sur le front intérieur.
> Trois — Faire fonctionner ce système lors d'incidents de défense civile.

Il avait suivi le mandat à la lettre. Face à une guerre plus terrible que toutes les guerres. Une guerre sans issue sans frontières, un adversaire aussi indéfectible qu'impitoyable. Il n'avait le choix que d'exécuter les mesures déterminées par les forces de l'ordre. Et l'ordre, rendu là, était limpide : pas de sauvetage possible pour les contaminés. Tous ceux et celles soupçonnés d'être atteints de la maladie du sel devaient être refoulés dans la vallée et personne ne devait passer. Personne.

Le vieux casque tremble entre les mains de Hor. Pris de vertige, il s'adosse au mur avant de perdre l'équilibre. Ce mur qui, pour le meilleur ou le pire, est son seul lien au passé. Son passé. Le marqueur entre le monstre qu'il était, qu'il est toujours peut-être, et le survivant de la vallée. L'homme réhabilité, celui qui a eu une deuxième chance, malgré tout, celui qui avait fondu en larmes lors des premiers palabres autour de l'Arbre de vie, celui qui paiera sa dette à cette communauté jusqu'à la fin.

Chaque survivant devait faire son aveu, partager rêves et traumatismes, avouer tout ce qu'on avait fait ou n'avait pas fait lors de l'effondrement, exposer les cauchemars les regrets les pires secrets. Tout le monde devait écouter sans jugement sans rétribution. La seule condition était la vérité, la vérité afin de vivre parmi les autres. Sinon il devait tenter sa chance dehors, dans le trou noir qu'était devenu le monde extérieur.

Hor avait parlé. Il avait tout dit tout divulgué... Presque. Pendant des semaines et des semaines, il n'était qu'une boule de douleur. Il pleurait tellement que son corps convulsait. Une fièvre s'était emparée de lui. Il avait failli mourir. Maïmoun prenait soin de lui, sa voix tendre était souvent la seule chose qui l'accrochait à la vie. Amana – il le sait – ne lui faisait pas confiance, et pourtant elle préparait des remèdes à partir de plantes qu'elle passait des heures à cueillir. Hypatia le visitait quotidiennement, lui ordonnant de se bouger le cul et de guérir car on n'avait pas besoin de ses remords dans la vallée, mais de son expertise en survie.

Ils auraient pu se venger de lui, lui faire subir tout ce qu'il leur avait fait subir, le traîner dans le désert et le laisser aux hyènes. Pour une raison mystérieuse, ils lui ont pardonné. Il se demande si c'était vraiment une faveur, ou une autre façon de le punir, le laisser en proie à ses fantômes. Ceux qui rôdent dans le tunnel, ceux qu'il a enterrés sous les rochers. Sa seule rédemption ? Il était condamné avec tous les autres habitants de la vallée.

Non. Pas question d'abattre ce mur. Il a besoin de ce mur. Ce mur le rassure. Lui rappelle pourquoi il est ici et pas de l'autre côté. Dans toute la vallée, peut-être que seul Maïmoun comprend.

Il ne sait toujours pas par quel détour du destin Maïmoun et Amana se sont retrouvés ensemble, un couple avec un enfant en plus ! Un rabbin qui vivait dans une colonie, et une Palestinienne qui essuyait les insultes des colons, ne dormait pas la nuit, veillant sur son petit lopin de terre ses oliviers ses arbres fruitiers, de peur qu'ils ne les mettent au feu ou ne les arrachent. Sans compter les raids des soldats, qui venaient après chaque élection, appliquer je ne sais quelle loi, lui exproprier encore une tranche de terre. Ce qu'il donnerait pour être une mouche dans la grotte de ces deux-là.

Amana se croit déjà au jardin d'Éden. Elle pense qu'on peut partager les ressources avec des animaux – pardon, des vivants – de toutes sortes sans aucune protection à part celle de l'équilibre de la vie. Hypatia invente des lois et des façons de faire qui n'ont rien à voir avec la nature humaine son égoïsme sa violence. Isaac passe son temps à imiter le chant des bulbuls sur sa trompette, quand il ne se met pas à fabriquer des objets. Ne parlons même pas d'Anath. Tel père telle fille ! Ou encore Toz. Le pauvre se croit encore dans son salon de beauté. Colt au moins n'a jamais eu d'illusion par rapport à la vallée, des années à l'usine à sucer la mer de tout son sel seulement pour se faire dévorer la jambe par le sel a tendance à te rendre lucide. Mais même Colt, aussi lucide soit-il, préfère garder la tête dans le sable. Quelle bande de fantaisistes.

Lui, Hor, n'a pas le choix. Il faut bien quelqu'un qui serait prêt à jouer au vilain, à défendre ce mur du volontarisme des pelleteurs de nuages, de la tentation d'effacer la part sombre de l'histoire. Il faut bien quelqu'un de pas trop gêné d'apprendre aux enfants ce que les autres préfèrent oublier : nous serons toujours des alpha-prédateurs, même quand on choisit d'arrondir nos canines. Il faut bien quelqu'un avec le courage de montrer à ces enfants innocents qui jouent aux pirates dans la tour de surveillance, la chasse les armes comment se défendre pour ne pas finir dans le ventre d'une hyène. N'en déplaise à Amana et Hypatia, il organise des sorties guidées aux anciennes barrières militaires. Pas de sarha, non. Tout sauf ces errances sans but qui envoient les enfants à une mort certaine. Lui, il sait où ils doivent aller et comment les faire revenir plus forts. C'est la seule chose qui repousse les fantômes et les crises de panique.

Durant l'un des palabres, Amana avait accusé Hor de chercher un prétexte pour raconter ses exploits d'ex-général du Tsahal. Elle aussi, elle raconte sans cesse des histoires ! Sauf que celles qui portent sur l'armée israélienne ont un drôle d'effet sur elle. Elle se tait tout à coup et lorgne Hor. Comment lui expliquer que ces sorties guidées sont sa paix et sa rédemption ? Là aussi, Maïmoun était venu à sa rescousse. Il avait convaincu le reste des habitants de la nécessité d'apprendre aux nouvelles générations ce qu'il ne fallait surtout pas faire, leur exposer les erreurs et les abus du passé. Les gens avaient tranché en sa faveur. Hor se sentit alors membre de la communauté à part entière.

Évidemment, Hypatia n'a pas tardé à organiser ses propres excursions. Et malines comme elles sont, elle et Amana avaient trouvé le mot idéal qui donnerait à ces sorties l'aura de la tradition : sarha. Des sarha pour renforcer le lien des enfants aux vivants, fouler la terre goûter au sel, glisser parmi les rochers boire des sources, vivre dans l'équilibre des choses en s'offrant entier à la vie à la mort, tendre sa vie aux vivants au risque qu'elle ne leur soit arrachée. Hor n'a pas le luxe de ces ridicules balades qui évoquent un temps d'avant, avant les barrières avant la colonisation avant les frontières. Le temps des bergers le temps des Bédouins le temps des paysans qui arpentaient les collines. Il apprendra aux enfants l'art de vivre aussi, l'art de vivre malgré le danger qui rôde partout. L'art de vivre avec les démons.

Tap. Tap. Tap.

Parlant de démons. Voilà qu'il arrive. Sa béquille l'annonçant bien avant qu'il ne se rende jusqu'à Hor. Colt.

— Qu'est-ce qui t'amène, vieux con ? T'as envie de te casser l'autre jambe ?

Colt s'adosse au mur, épuisé. Boiter jusqu'ici. Tout un exploit.

— Ce serait pas mal. Tu seras obligé de me porter sur ton dos.

— N'y compte pas trop.

Colt part à rire.

— Sans moi, t'auras personne à qui parler. À part le mur.

— J'ai pas d'temps pour tes niaiseries. Qu'est-ce que tu veux ?

Un sourire diabolique se dessine sur les lèvres de Colt.

— J'ai attrapé Toz en flagrant délit.

Hor roule les yeux.

— Fous lui la paix Colt.

— Oh come on ! C'est trop facile. Tu vas voir, ça vaut vraiment la peine. Pis ça va t'faire du bien.

— Toz est peut-être vaniteux, mais il n'est pas stupide. Ne le sous-estime pas.

— Raison de plus de le garder sous haute surveillance, hein ? fait Colt en donnant à Hor un coup de poing avec sa béquille. Viens donc j'ai besoin d'une autre jambe. Ça va nous donner de quoi à raconter ce soir chez Isaac.

— Pas envie de rire. Tu l'as entendu, le bruit ?

Les lèvres de Colt se plissent une seconde avant d'écarter le souci du revers de la main.

— Bah ! Le tunnel est enseveli. C'est toi-même...

Hor plaque sa main contre la bouche de Colt.

— Ta gueule. Ne prononce jamais ces mots à haute voix.

Colt arrache la main de Hor et repousse le grand homme qui le domine de son corps avec le bout de sa béquille.

— Ce mur te rend parano, mon vieux. Tu viens ou pas ?

Des éclats de rire.

Des rires fous fendent l'obscurité, brisant la cadence douce qui berce la veillée devant la grotte d'Isaac et Zeinab. Deux hommes sortent de l'ombre en titubant vers la clairière. Ils sont complètement saouls. Les regards se tournent vers Colt et Hor.

Hor rit. Il rit tellement qu'il serre les cuisses.

— Oh fuck, arrête arrête, j'en peux plus, supplie Hor.

Colt n'a pas l'air de vouloir arrêter quoi que ce soit, même s'il a du mal à garder l'équilibre sur sa jambe unique.

— T'as vu comment il a bondi de l'eau comme une fusée ? Deux belles boules de mousse rouge, plaquées juste là, dit-il, simulant deux gros seins sur son torse.

— Et pis le reste ? Merde man, le spectacle en bas de la ceinture... Ce que j'aurais donné pour avoir une caméra !

— Aouieee ! Aouieee ! Aouieee ! fait Colt en singeant des hurlements aigus. Le pauvre se frottait le zizi comme un malade, juste pour vérifier que c'était encore attaché.

Colt est crampé. Hor est crampé. Comme par effet d'entraînement, des petites rigolades commencent à éclater çà et là parmi les gens présents, venus fêter le retour des enfants après la dernière sarha de la saison. Les habitants de la vallée connaissent trop bien la routine. Encore une boutade de Colt et Hor, sans doute sur le compte du pauvre Toz. Même Alef, normalement discret, se tord le visage pour ne pas s'esclaffer.

Les deux enfants terribles de la vallée ont le don des entrées fracassantes. Depuis que Colt a réussi à fabriquer de l'alcool à partir des roseaux de papyrus, c'est la dérive. Plus tôt, ce n'était qu'Isaac autour du feu. Il aime bien s'installer dans la quiétude du crépuscule et jouer son vieux répertoire de chansons d'avant l'évaporation. Comme par magie, les gens de la vallée finissent par se rassembler autour de lui.

— C'est ta foutue trompette, se plaint Zeinab, sa compagne. La musique les attire comme des mouches !

Sans que personne ne l'ait ordonné, la clairière devant la grotte d'Isaac est devenue le lieu de rendez-vous des habitants de la vallée. Pas pour prendre les décisions du jour comme autour de l'Arbre de vie, ni pour se remémorer les bons et mauvais souvenirs comme durant les dhikr, simplement pour être ensemble, toute la communauté.

Après les sarha, les soirées se transforment en une grande célébration. Les gens dansent la danse des flamants. Des amants se rencontrent d'autres se quittent, les mains s'entrelacent les pieds tapent les visages se caressent les dos se frottent les hanches se balancent à droite à gauche, un bal de plaisirs et de désirs. Durant ces soirées, tout est ouvert. Tout est possible et la survie est loin. La danse est une offrande de joie à la vallée et aux vivants. Un élan de gratitude d'avoir rendu aux habitants les enfants après la sarha.

Comme il aime ces rassemblements, Isaac... Ça lui rappelle un autre temps. Cela étant dit, il aurait préféré que les exploits de Hor et Colt se passent ailleurs. Ce badinage entre hommes, souvent aux dépens d'un autre, lui est tellement étrange, lui qui a connu tout le contraire avec ses amis d'autrefois. Il espère secrètement qu'Amana ou Hypatia rétabliront l'ordre.

— Attends attends. Tu vas me faire perdre mon autre jambe ! Il faut que je m'assoie.

Trop tard. La béquille croche de Colt, lasse de soutenir l'homme ivre, glisse et le fait basculer.

— Akh ! Mes fesses ! hurle Colt entre larmes et rigolade, tout en se frottant le derrière.

— Tu veux que je te fasse un petit bain moussant pour le bobo, mon chou ? persifle Hor, les mots entrecoupés de rires.

— Ihm. Ihm.

Toz apparaît de nulle part dans sa plus belle combinaison. Les cheveux coiffés les mains soyeuses. La manucure précise et élégante. Le costume virginal comme lui seul réussit à le rendre dans cette vallée poussiéreuse.

Silence subit dans la clairière. Isaac baisse les yeux. Colt et Hor retiennent leur souffle dans une ultime tentative de se contrôler. Personne n'ose rencontrer le regard de l'autre. Ça dure et dure. Isaac, mortifié, voit surgir dans sa tête l'image de Toz, courant nu dans la brousse, couvert de mousse rouge. La même image a sans doute traversé l'esprit des autres gens présents. Incapable de se maîtriser, un homme dans la foule se plie en deux et crache une rafale de mi-rires mi-hoquets tellement bizarres que ça déclenche l'hilarité générale. Même Toz qui avait préparé tout un discours de reproches pouffe de rire.

— Pas drôle! Pas drôle du tout! proteste Toz.

— Un peu quand même, ricane Colt.

— Mets-toi à ma place, je pensais que je me faisais dévorer par des piranhas.

— Des piranhas!

Colt craque jusqu'à se renverser de nouveau.

— Habibi ça fait vingt ans qu'on est dans cette vallée. Des piranhas! D'où est-ce que tu me sors ces idées?

— Il y a des choses qui se passent je vous le dis. On sait pas ce qui s'échappe des trous au fond des geysers. Vous avez pas entendu ça? Le bruit? Et soudain cette espèce de fontaine en plein milieu de la colonie des flamants qui crache de l'eau on sait pas trop si c'est plein de poison ou d'un autre fléau.

— Toz, si t'allais mourir, tu l'aurais déjà fait ma beauté. Dieu sait que le sel t'a arrosé de tout ce qu'il avait dans son arsenal. Avec tous les produits que tu te mets sur le corps, t'es pire que les cochenilles. Tu es in-des-truc-tible!

— Eh ben merci, ta sympathie déborde, Colt. Je vois combien tu tiens à moi.

— Un peu d'humour mon frère, ça n'a jamais tué personne, interjette Hor en l'entourant de ses bras, plus pour s'appuyer que le consoler.

— Depuis le début je vous le dis. C'est BAR-THOS.

— Toz c'est tellement plus... commence Colt.

— Aromatique? finit Hor.

Et ça explose encore. Les rires, amplifiés par l'écho des grottes, retentissent dans la nuit, faisant fuir les oiseaux.

— T'aimes ça toi te faire traiter de pet?

— C'est juste en arabe. Ça veut dire sel en turc. Approprié non?

— C'est pas du sel que tu parles quand tu m'appelles Toz!

— Eh ben moi, je m'appelle Hor. Te rends-tu compte? Dis-moi que tu n'en tires pas un ti-peu de satisfaction de me traiter de pute en anglais? Tu me vois pas en train de me plaindre, hein?

— Allez crache le morceau, Toz, qu'est-ce que t'as d'autre en stock? Ça fait combien de temps que tu te la caches cette bouteille de Dove? demande Colt.

Bon, ça y est, fini la musique ce soir, se dit Isaac, en mettant la trompette de côté.

— Je l'ai trouvée à la dernière sarha.

— Impossible. Reste plus rien à piocher dans les hôtels.

— Reste plein de choses, personne ne pense à les prendre. Qui donc a eu la bonne idée de ramasser les lames de rasoir? Les miroirs? Les coupe-ongles? Les pinces à sourcils? Grâce à qui a-t-on un semblant de beauté dans les grottes? Quelque chose de quoi peindre les pierres? Riez comme vous voulez. C'est quand même moi qui vous ai montré comment fabriquer le savon avec les pousses de salicorne. Qui a pris sur lui de vous couper les cheveux? Ouais, ouais, facile de mépriser l'esthéticien. Sans moi, vous auriez tous l'air d'un paquet de cavemen!

— On *est* des cavemen !

— Et alors ? Même les cavemen ont besoin d'un bon bain de temps à autre.

— De préférence, moussant ! Le baume de Mecque d'Amana, c'est pas à la hauteur, hein ? glousse Hor.

En entendant son nom, Amana, occupée à faire cuire les salicornes, se relève et les fixe, les mains placées de chaque côté de sa taille. Hypatia, assise à côté d'elle, la tire par le coude.

— Habal, lance-t-elle en direction des deux trouble-fêtes, assez fort pour qu'ils l'entendent. Perds pas ton temps avec cette bande d'idiots, Amana.

L'effet des reproches d'Hypatia est de courte durée. Une minute d'hésitation et les railleries repartent de plus belle.

— Ben oui, riposte Toz. Un bain moussant. Ça vous fera du bien à vous deux.

— Ah bon, et Isaac ? proteste Hor.

— Isaac est le seul homme propre dans cette foutue vallée. Je ne sais vraiment pas comment il arrive à vous tolérer.

Avant qu'Isaac ne puisse réagir, Colt a déjà répondu.

— Dis pas ça devant le sacro-saint Maïmoun. Tu lui briseras le cœur. Le vieux rabbin va te maudire dans seize langues et mille religions. Et il rayera ton nom de son Livre des vivants. Aucun Dieu ne voudra de toi.

Maïmoun qui faisait de son mieux pour ignorer le brouhaha hoche la tête. Ça ne mérite même pas une réplique.

— Sérieux, vous avez fait quoi avec l'eau pour qu'elle tourne au rouge sang comme ça ? Vous y avez mis un cadavre ou quoi ? Vous avez contaminé l'eau, vous vous rendez compte ?

— Ta bouteille de Dove périmée, j'suis sûr que les petites bêtes qui vivent dans la source en ont adoré la mousse parfumée.

— Tu sais bien que cette source va devenir aussi sèche que ton cul d'ici une semaine ou deux. Je peux bien me permettre un bain de luxe. J'ai pas le droit de fermer les yeux, moi ? Même pas un peu ?

— Si tu veux savoir, c'est de la laque.

— Comment ça de la laque ? Tu l'as prise où, Colt ? J'ai passé des heures et des heures à la préparer. C'est pour nos poteries, espèce de brute.

— Relaxe. Les tamaris sont couverts de cochenilles, n'est-ce pas Maïmoun ? lance Colt dans la direction du rabbin. Tu pourras extraire, mon Toz, autant de shellac et de carmin que tu veux. Ç'a pas pris beaucoup pour avoir le résultat espéré.

Hor part à rire encore.

— Vous êtes incorrigibles.

— Allez viens mon vieux, y a un verre qui t'attend.

Toz a beau s'offusquer, tout ce qu'il souhaite, c'est de faire partie de la camaraderie. Il accepte à contre-cœur le rameau d'olivier que lui offre Colt et s'assoit.

Enfin, un peu de tranquillité.

Isaac reprend la trompette. Les deux souillards se taisent. Le calme s'installe à la clairière. On entend le souffle de la brise. Et le battement d'ailes discret. Les oiseaux, soulagés de la trêve, reviennent à leurs nids. Les gens qui allaient partir changent d'idée et reprennent leur place autour du feu. La danse n'est pas terminée.

Isaac attend patiemment. Elle lui arrive de loin... loin. Une chanson d'un autre temps. La voix de Louis Armstrong l'appelle. Les yeux fermés, il pose les lèvres sur l'embouchure usée.

La trompette chante.

Heaven
I'm in Heaven
And my heart beats so that I can hardly speak *

Isaac est transporté à des milliers de kilomètres et d'années de la vallée. Une gig dans une ville à cent noms cent visages. Jean-Baptiste au vieux piano. Les doigts de JB surfent sur le clavier. Frank à la basse, Marguerite à la batterie. Et lui. Jeune fringant, les dreads jusqu'à la taille swinguent avec la trompette. Leurs riffs transposés simultanément par les jumeaux Joubran en un arc-en-ciel de faisceaux spectraux et de mixes électroniques. À six, ils font exploser la chanson d'Ella et de Louis. Ils s'étaient rencontrés dans les coulisses d'un café-bar-cabaret. Quel était son nom ? Isaac ferme les

* *Cheek to Cheek*, interprétée par Ella Fitzgerald et Louis Armstrong, 1956.

yeux en sifflant les notes, comme si en se pressant les paupières, le nom allait se matérialiser dans sa tête. Quel était donc son nom ? Depuis qu'il entend la langue des vivants, les noms des lieux du passé s'effacent. Sa mémoire les a délaissés l'un après l'autre. Parfois il répète à lui-même les prénoms de ses amis, par crainte de les oublier aussi. Quel était donc le nom du café ? Le hub de toute la génération PPB, Pas-d'Planète-B... Ça il s'en souvient.

Dix ans plus tard, la bande était à l'autre bout du monde, sur scène avec les hologrammes des grands du jazz à faire danser la foule sur place et partout ailleurs, des millions branchés en mode RV au spectacle. Un même corps un même battement à travers la planète.

Ses camarades et lui jouaient la musique comme ils faisaient l'amour. Ensemble sans limites sans frontières sans possession. Il n'y avait pas d'hommes ni de femmes, pas d'acronymes ni d'injonctions, ces apostrophes avaient disparu. La catastrophe climatique avait eu ça de positif. Toutes ces dénominations qui avaient causé tant de guerres semblaient futiles face à l'extinction massive de la vie sur Terre. JB, Isaac, Marguerite, Frank, Kamal et Amira. Ils étaient un îlot. Les villes se confondaient. Les nuits s'enchevêtraient dans les jours, l'amour dans le désir. C'était avant... Comme le raconte Amana... Avant...

JB emporté par un cancer. Une maladie primitive qui ne devait plus avoir le pouvoir de tuer. JB mort malgré tout. Soudain, ils étaient un corps amputé. Ses membres partis à la dérive. Une gig de six mois dans un hôtel au bord de la mer Morte. Jusqu'à aujourd'hui, Isaac ne sait pas quelle mouche l'avait piqué. Il savait bien qu'il enfonçait un couteau dans l'âme du groupe en acceptant de jouer dans un État boycotté par toute sa génération. Peut-être qu'il cherchait la solitude, peut-être qu'il voulait se punir, même se contaminer de la laideur du monde de l'injustice de la prédation de la discrimination dont il a nié l'existence tant qu'il était couvé dans sa commune d'amour. Il n'a plus jamais revu ses amis avec qui il avait dix ans durant partagé corps désirs jouissances.

Le son de la trompette résonne dans la nuit. Le rythme léger simple heureux dément la tristesse qui le hante. L'effet Louis Armstrong est instantané. Les vieux s'abandonnent au timbre cuivré. Hypatia, Amana, Maïmoun, chacun plongé dans son monde dodeline du corps et de la mémoire. Les enfants de la sarha accourent vers Alef, trop excités à la vue du grand panier plein de kahwat nouh. C'est aux plus jeunes de faire griller les crottes sur le feu, et d'éplucher la croûte pour ressortir tout ce qui est bon en dedans. Le jeu de la soirée ? Deviner ce que les flamants ont mangé et ont laissé aux humains. Trouveront-ils des crevettes ou bien des larves d'insectes ? Parfois, ce sont des algues ou encore des plantes marinées dans le sel, écrasées sous les pattes des flamants avant qu'ils ne les picorent et filtrent dans leurs becs. Une surprise attend les enfants chaque fois. Ils font braiser le rejet des flamants pendant que les adultes tanguent au rythme de la trompette.

En voyant les petits grignoter le kahwat, Isaac pense aux soirées après les spectacles. Lui et sa bande, affalés sur le vieux sofa de la grange qu'ils avaient transformée en studio. Les snacks de minuit sur la table - graines de citrouille et de pastèque rôties et bien salées, une bouteille ou deux, quelques fruits pour la bonne forme. Les frères Joubran avaient perfectionné l'art d'extraire les pépins des graines, rien qu'en les manipulant entre les dents. Isaac n'a pas dégusté une pastèque depuis si longtemps qu'il en a oublié la saveur, et il n'a jamais maîtrisé la technique de dévider les graines avec ses dents, mais il reconnaît le goût du bonheur quand il voit les enfants de la vallée se délecter des trésors du kahwat nouh, le bonheur que ses amis musiciens et lui ressentaient durant ces longues veillées.

And the cares that hung
around me through the week
Seem to vanish like a
Gambler's lucky streak
When we're out together
Dancing cheek to cheek

Ils étaient un îlot, Isaac et sa bande, maintenant ils sont une vallée. Les visages du passé se confondent avec ceux du présent. Les visages heureux d'Anath et Alef, enfants, pirouettant autour du feu. Combien de fois les avait-il trouvés blottis l'un contre l'autre parmi les roseaux, après avoir passé des heures à les chercher ? Vingt ans et le voilà Alef, lui-même entouré d'enfants, l'esprit perdu au bas de la vallée, là où Anath sculpte ses figures de sel au bord du fond marin. Comme il est beau l'amour. Comme il est cruel.

Isaac expire une longue note mélancolique. Le visage de JB se matérialise. Ses doigts qui tapotaient des mélodies sur son dos, sa voix légèrement nasale lui chuchotant des douceurs en créole.

Une autre note, un autre visage. Marguerite, et son rire souverain quand elle jouissait.

En jouant, Isaac sent le regard de Toz sur lui. Il est peut-être le plus extraverti des habitants de la vallée, mais quand chante la trompette, Toz se métamorphose, ses traits surfaits s'adoucissent, son corps toujours en pose se détend. Pour un instant, le temps d'un soupir, le masque tombe.

Isaac est peut-être le seul qui connaît le vrai visage de Toz. Les premiers mois durant le grand trek, ces premiers mois où la mort pourchassait les humains, Isaac avait trouvé en lui un improbable compagnon de route. Malgré leurs tempéraments différents, ils avaient ça en commun : ils étaient deux étrangers qui aimaient la beauté dans un monde dépourvu de beauté.

Toz ne s'éloignait jamais d'Isaac. Les autres survivants de la vallée le terrifiaient. Et Isaac, dans les moments de désespoir, s'accrochait à la lumière de Toz. Après des semaines à traverser la vallée, évitant de justesse prédateurs et crevasses qui s'ouvraient sous leurs pieds, Isaac, épuisé affamé, avait failli jeter sa trompette et se laisser mourir. Toz avait pris l'instrument et avait sorti sa trousse de beauté qu'il amenait partout avec lui – il l'appelait sa trousse de survie. Pendant les quelques heures de repos que s'étaient donné les survivants avant de reprendre la marche, Toz avait refait les dreads d'Isaac, un par un. Désarmé par ce geste de tendresse, Isaac avait éclaté en pleurs dans les bras de Toz. Ce jour-là, Toz lui avait sauvé la vie. Dans la nuit, ils se caressaient. Toucher un autre corps, être soi-même touché par un autre humain, alors que les tourbillons de sable de sel et les trombes de chaleur les assaillaient, c'était la seule chose qui le consolait.

Avec le temps, Isaac s'est réconcilié avec la vallée. Les vivants lui ont montré une autre beauté. En apprenant la langue des vivants d'autres univers se sont ouverts à lui. La musique a pris un nouveau sens. Il entendait soudain la voix de sa trompette et toutes les histoires qui résonnent en elle. La langue des vivants et la langue de la musique étaient une même langue. Les oiseaux lui transmettaient leur chant et leurs secrets, il entendait même les berceuses d'Ankabout et les poèmes des fleurs.

Peu à peu, Isaac a fait sa place dans la communauté, parmi les humains parmi les vivants. Bon bricoleur, les objets qu'il fabrique peuplent la vallée. Toz, lui, est resté Toz, attaché à sa trousse de beauté, coincé sur mode temporaire. Même après vingt ans, il est convaincu que ça ne va pas durer. Qu'un jour ils quitteront la vallée, que la mer Morte les rejettera et qu'ils rentreront « chez eux » dans la ville sous la coupole, là où les attend la civilisation.

Difficile d'aimer un homme qui ne veut que partir. Étaient-ils amoureux ? Étaient-ils amants de fortune ? Qu'importe ? Sous la carapace dure de Toz se cache un cœur d'artichaut qui refuse de céder à la laideur. Rien que pour cela Isaac l'aimera toujours.

La trompette chante. Les silhouettes des danseurs jettent de l'ombre sur le sol. Les ombres chancellent. Elles s'amalgament se séparent. L'une des silhouettes, grande et élancée, papillonne sur le sol et fait briller les cristaux de sel quand elle se retire, avant de les recouvrir encore de son ombre. La silhouette de Zeinab. Isaac lève les yeux. Elle lui lance un regard coquin en tournoyant.

Zeinab aime l'amour comme Isaac aime la musique. Elle est entrée dans la vie d'Isaac comme une douce mélodie. Elle était venue vers lui, Anath dans les bras, la première fois qu'ils ont fait l'amour. La jouissance pour Isaac aura toujours le son des gazouillis d'Anath. Zeinab n'a jamais précisé si Anath était son enfant ou pas. Ça n'a pas d'importance. Zeinab a pris en main la crèche des enfants, élevés ensemble à la manière des flamants. Sage-femme, elle les a vus venir au monde. Certains ne survivent pas au-delà de leur deuxième année. D'autres, comme Alula, sont orphelins avant d'apprendre à marcher. Vivre, c'est ça aussi. Des mères allaitent les enfants d'autres mères, des pères élèvent les enfants d'autres pères. Des couples se forment pour la vie, la plupart, comme Zeinab et lui, suivent l'exemple des flamants, renouvelant la danse de la séduction avec d'autres partenaires après un an ou dix ans ou jamais.

Toz refait encore les dreads d'Isaac avec la même attention et la même tendresse. De temps à autre, il lui masse les épaules, pose un baiser sur sa nuque. Certaines nuits, après les longues sarha dans la vallée, ils se retrouvent en amants. Un regard triste passe sur le visage maquillé de Toz après l'amour. Il fait vite de le dissimuler par un commentaire léger ou un geste théâtral.

S'ils s'aiment comme les flamants, de cet amour qui ne connaît ni possession ni trahison, s'ils s'aiment vraiment comme les silhouettes vacillent autour du feu, pourquoi donc Isaac a-t-il le sentiment de briser le cœur de son compagnon ?

Quand le doute s'empare de lui, il se console à l'idée que sa bande de six aurait approuvé son mode de vie. Il les imagine dans la vallée, comme des poissons dans l'eau, vêtus d'instruments improvisés, fabriqués de bois de tamaris, de croûtes de sel ou de carcasses d'hyènes, en train de réinventer la chanson d'Ella et Louis.

Oh I'd love to climb the mountain
Reach the highest peak
But it doesn't thrill me half as much
As dancing cheek to...

Enivrés par la musique, les habitants de la vallée chantent. Ceux qui se souviennent encore des mots les fredonnent. D'autres les inventent. Les enfants endormis dans la crèche se réveillent aux murmures joyeux des adultes, ceux qui avaient fait la sarha et grillé le kahwat nouh s'abandonnent tranquillement au sommeil.

Essoufflée par la danse, la peau luisante de sueur et de sel, Zeinab s'approche d'Isaac. Elle lui chuchote à l'oreille des mots doux entre deux improvisations, alors que Toz les regarde de loin.

Chacun dans la vallée semble avoir un talent qui le rend indispensable. Quelle coïncidence. S'il était complotiste, Barthos aurait juré qu'Amana et Maïmoun avaient inventé l'histoire du grand trek afin d'éliminer les vauriens sur la route. Ils auraient pu continuer à squatter les immeubles abandonnés. Une fois que la mer Morte avait atteint le point d'évaporation le plus bas, de moins en moins de crevasses apparaissaient. Ce qui devait être avalé par la terre l'avait déjà été. Lui en tout cas serait resté volontiers, là où il avait son salon, et tout ce dont il avait besoin pour continuer à développer ses produits. Même sans électricité, il aurait trouvé le moyen. Ici, dans ce labyrinthe de grottes et d'oasis, il est superflu. En tout cas, c'est ce que tout le monde pense à voix basse. Il le sait.

Tu sais
sais
sais

Chicotement de l'oreille, frisson dans le dos, une vibration.

— Tu m'espionnes, Ankabout?

Barthos l'a débusquée, suspendue au coin du miroir. De son corps émanent des ondes qui le traversent et se répandent d'un bout à l'autre de la grotte.

Sais
  sais–tu
  tout
tout

— Oui oui, tu sais tout, n'est-ce pas ? Tu surveilles tout. Tu tisses et on est proie dans ta toile.

 Tisse
  tisse
 tisse

Superflu... C'est ce qu'on pense de lui. Pas comme Colt. Ayant travaillé dans l'usine de décantation, il connaît bien la chimie du sel. N'est-ce pas qu'il s'amuse à concocter toutes sortes de matières hasardeuses ? Il avait même réussi à produire du carburant de la soude végétale des salicornes. Pfft ! Ça n'a pas trop plu aux reines de la vallée, Hypatia et Amana.

— Tue-les Ankabout, elles n'admettront jamais que c'est utile !

Mieux encore, Colt est le seul dans toute la vallée qui a vaincu la maladie après l'avoir attrapée. Le pauvre se méfie d'Hypatia comme la peste. Elle le regarde comme s'il était une souris de labo. Il en fait souvent des blagues, mi-drôles mi-sérieuses : « Si jamais vous ne me trouvez pas, cherchez-moi dans les éprouvettes d'Hypatia. »

Barthos rigole dans sa barbe. Bon qui d'autre encore ? Hor le bouclier. Maïmoun le Dalaï-Lama, Hypatia le génie, alias laveuse de cerveaux, Amana la jardinière, Zeinab la nourrice, Isaac...

Il suffit à Barthos de prononcer son nom et il en a le cœur serré.

Cœur

 cœur

 cœur

— Non ! Ressaisis-toi ! crie Barthos en grondant son reflet dans le miroir.

Même les plus jeunes, Anath et Alef, ont trouvé leur vocation : elle avec ses sculptures et ses vivants, lui avec les enfants. Sans mentionner l'amour.

Et Barthos ? À quoi peut bien servir un pédicure qui offrait des soins de beauté aux stars et aux touristes ? Il avait vécu les premiers mois dans la terreur, convaincu qu'il serait sur la brochette si jamais la famine s'emparait des survivants. Il n'aurait jamais passé à travers ces premiers mois sans Isaac.

Isaac

 Isaac

 Isaac

— Ankabout, fous-moi la paix.

Barthos se contemple dans le miroir. Son profil gauche son profil droit. La peau sous le menton toujours aussi lisse, constate-t-il, et ça le console. Il avait passé la journée à polir le miroir. Hmm... Un poil de trop juste à la limite de son oreille. Avec le rasoir, il se débarrasse du poil rebelle. Qui sait ? Isaac pourrait passer d'une minute à l'autre. Il avait remarqué que ses dreads avaient besoin d'entretien. Il ne tardera pas à lui rendre visite.

Sans Isaac, la vallée serait invivable. Un nid de barbares. Que savent-ils ? Lui, Barthos, est un esthéticien. Le gardien de la beauté. Il s'était battu bec et ongles pour apporter sur le grand trek tous ces produits que les autres considéraient inutiles. Les crèmes hydratantes, le bodywash mousseux, les sels de bain.

— Quoi, Toz, pas assez de sel dans les alentours ? avait ironisé Colt.

Lui aussi, tout comme Colt, sait à quoi peut servir le sel, comment traiter la peau, apaiser les douleurs. Ce qu'il fabrique ne brûle pas. Ne détruit pas. Lui seul apprécie la valeur de la boue saturée de minéraux. Lui seul a vu le miracle d'une femme ou d'un homme métamorphosé après une toute petite séance de tender loving care. Le miracle d'Isaac dans ses bras... Un brin de soin et de délicatesse n'a jamais tué personne. Alors il avait caché la bouteille de Dove. Il n'allait pas donner aux hooligans la satisfaction de le ridiculiser.

Pourquoi vivre s'il faut courir après sa nourriture, chier et dormir en gardant l'œil ouvert sur tel prédateur ou tel malheur ? Quand le reste du monde reviendra les sauver de cette satanée vallée, comment va-t-on les accueillir ? Sales poilus puants ? Non non et non. Quand ce cauchemar sera derrière eux, il fera son retour à la civilisation en passant par la grande porte, sur un tapis rouge, habillé de son design postapocalyptique le plus à-propos. La manucure et la pédicure impeccables.

Comme il était fier de sa découverte des cochenilles. Même Amana qui se croit Madame-gardienne-de-la-clairière n'avait aucune idée de ce que ces bibittes extraordinaires pouvaient leur apporter. Lui il le savait. Barthos a toujours pris très au sérieux son métier. Il avait des plans. Des ambitions. Il était en voie de devenir l'esthéticien le plus convoité des stars. Les politiciens les plus en vue sonnaient à la porte. La mer Morte, c'est un coffre aux trésors. Colt peut bien raconter ses histoires de guerre industrielle pour le lithium et le sodium, vanter la productivité de l'usine qu'il gérait, la technologie qui se développait sous sa direction; il a beau dire que grâce à lui, le pays faisait la concurrence au monde en matière de production de batteries électriques grâce au sodium de la mer Morte, bien plus accessible et abordable que le lithium; il a beau répéter à n'en plus finir qu'avec l'IA, ils avaient trouvé le moyen d'extraire trois fois plus de potasse de la mer. Bla, bla, bla... Tout ça est caduc. L'industrie de la beauté en revanche venait tout juste de prendre la mesure des richesses de la mer. Et ça Colt ne le comprendra jamais : que la fin du monde soit, les humains chercheront toujours la beauté.

— N'est-ce pas Ankabout?

Elle sort de l'ombre, trahie par le fil de soie qui capte la lumière de la chandelle.

— Que dis-tu? Je n'entends pas.

Elle se balance. Le fil danse.

Beau
 beau
beau

Elle descend jusqu'à atterrir dans la paume de Barthos.

— Oui, ma belle Ankabout, ils chercheront toujours la beauté les humains (du moins pour cacher leur laideur), chuchote Barthos en admirant son reflet.

On n'a jamais autant soif de beauté que quand on est entourés de catastrophes. D'abord pour préserver l'illusion, ensuite camoufler les ravages de la maladie, finalement, et c'est la raison la plus importante : se dire qu'ils sont encore humains.

Humains
humains

Être humain, c'est une technologie comme une autre. Elle évolue, remplace celles qui l'ont précédée. Ce qui était neuf devient vite archaïque, la quête de beauté, elle, est éternelle. Il suffit d'observer les plantes et les oiseaux. Eux, ils ont compris.

Éternelle nelle
beauté telle
éternelle
nulle beauté est
éternelle

— Oh épargne-moi tes échos, Ankabout!

Barthos a toujours été obsédé par tous les traitements et rituels de soin du corps, les plus novateurs comme les plus anciens. Les Pharaons, les Cananéens, les Phéniciens, même les pudiques israélites en savaient long sur le sujet, et sur tout ce que la mer Morte avait à offrir. Il avait testé mille et un remèdes pour prolonger la jeunesse, retarder la vieillesse, éliminer les rides, cellulites, taches de soleil, taches de lune... tout ce qui lui tombait sous la main. Son projet d'inventer une série de produits signés BÉBÉ – Barthos Éternelle BeautÉ – était sur une formidable lancée. Des crèmes dérivées du sel de Lotte. Du shellac organique extrait des kerria lacca qui parasitent les jujubiers, du henné composé d'hibiscus et du carmin des kermès vermillon qui colonisent les chênes.

— On appelait cette variété d'insectes les kermès des teinturiers. Que ça te plaise ou non, Ankabout, nous les humains savions bien nommer les choses avant. Nous en avions de sacrés beaux noms pour toi, susurre Barthos.

Elle remonte le fil et se dissout dans la pénombre.

Certes, il n'était pas le premier ni le dernier à rentabiliser les mythes et légendes de la mer Morte. Le marché était inondé de produits auréolés du marketing biblique, mais personne n'avait son ambition sa vision sa dévotion. Toute sa vie, on l'a méprisé. Jamais assez homme, jamais assez femme, même les sans-labels ne le trouvaient pas assez sans-label. Jamais assez savant, jamais assez sobre. Il aimait tant se faire sous-estimer. Le goût de la revanche est deux fois plus savoureux quand il voit l'étonnement sur le visage de ses détracteurs.

Dès qu'il avait vu les cochenilles sur le bois de tamaris, il les avait reconnues, ayant déjà expérimenté avec l'art de la teinture et la fabrication de laques des anciennes civilisations. Il ne sait pas si c'était parce qu'elles y croyaient ou si c'était une façon de se débarrasser de lui, mais Hypatia et Amana l'avaient pris au sérieux quand il avait proposé de cultiver les cochenilles. Lui, ce qui l'intéressait, c'était le carmin, la même teinture rouge dont on enduisait les momies. Pas moins que ça. Puis tiens tiens, on découvre que c'est à partir de ces mêmes cochenilles qu'on fabrique la cire imperméable, et même la manne, ce miel cristallisé qui, Dieu merci, a remis un peu de sucre dans la cuisine primitive qui fait leur diète. Rien que pour ça, du miel dans leur thé amer, il devrait être élu PPP, personne la plus précieuse de la vallée.

— Qu'en savent-ils ces vagabonds, hein Ankabout? déclare Barthos.

Aucune vibration. Elle n'est plus là.

Tant pis.

Heureusement, l'approbation des deux cheffes-qui-refusent-d'admettre-qu'elles-sont-cheffes avait encouragé les autres, sinon à l'aider dans son entreprise, du moins à ne pas rire de lui ou saboter son projet de cultiver les cochenilles. Tandis qu'Amana ne voyait en le baume de Mecque que de la pommade désinfectante, c'est lui, Barthos, grâce à ses expériences - non Hypatia n'a pas le monopole de ça non plus - qui leur avait montré comment en extraire de l'huile essentielle et fabriquer du parfum à partir des écorces. Sans lui, tout le monde puerait les œufs pourris, comme tout ce qui pousse dans ce miasme de soufre.

Ah le bonheur des hammams aromatiques dans les sources d'eau chaudes... Encore une idée de votre humble serviteur, Barthos. Que dire des séances de maquillage lors des soirées devant la grotte d'Isaac? D'ailleurs, c'est encore lui qui avait insisté pour réintégrer quelques-unes des fêtes d'avant l'évaporation, n'en déplaise à celles et ceux qui ne voulaient rien savoir du passé. Admettons qu'il l'avait proposé pour des raisons entièrement égoïstes : se donner des occasions, voire des prétextes pour offrir ses services de soins de beauté, taillés sur mesure pour le mode de vie caveman. So what ? La joie sur les visages de ses clients – oui ils sont des clients, puisqu'il est un professionnel, apocalypse ou pas – ça vaut mille et un flamants. Personne ne l'avouera, mais il est l'homme le plus indispensable de la vallée.

Se confier à son coiffeur ou en se manucurant les ongles, voilà une tradition qu'aucune catastrophe ne pourra déloger. Le nombre de secrets que les gens cachent, même quand on prétend à la vérité. Qu'ils fassent autant de palabres autour de l'Arbre de vie ou de dhikr dans la Cave de la mémoire qu'ils le veulent, il y a des recoins de l'âme qui resteront toujours à l'ombre, sauf en ces brefs moments de vulnérabilité, alors qu'on se laisse cajoler par une main experte, les doigts savamment passés dans les cheveux pour bien répandre l'huile parfumée. Ses doigts dans les cheveux d'Isaac, assouplissant à la crème ses dreads corsés, sa fragilité désarmante quand il lui enlevait les cals aux orteils, ses pieds à la merci de Barthos. Le désir de beauté réveille le désir d'intimité. Le désir d'intimité nourrit le désir d'avouer souhaits secrets regrets. Celui ou celle qui confie son corps confie son âme. À Isaac, il aurait voulu tout avouer. Le seul qui le voyait. Vraiment le voyait, et il l'aimait malgré ce qu'il voyait.

Oui, Barthos en sait des choses. Des choses que personne d'autre ne soupçonne. Il a deviné le premier qu'Anath est enceinte, même avant Zeinab. Il l'a vu à la teinte rosée qu'a prise l'aura de sa peau, la texture brillante de sa chevelure tout à coup plus noire que noire. Elle ne l'avait encore révélé à personne. Peut-être qu'elle ne le savait pas elle-même à ce moment-là. Ça ne tardera pas à se savoir. Avec ce corps éthéré, en permanence iridescent, impossible de cacher le moindre changement. Premier rejeton des premiers enfants de la vallée. Oh là là ! C'est ce qu'on aura de plus proche de la royauté dans cette vallée qui se veut kibbutz-trash-post-planète-B.

Ils le prennent pour un idiot, mais Barthos sait des choses bien plus graves. C'est fou ce que les gens sont prêts à risquer au nom d'une belle coiffure. Pendant la quarantaine, alors que toute la zone était fermée sous clé, Barthos faisait des allers-retours clandestins à travers le tunnel Sea2Sea, à la demande de ses clients richissimes. Fin du monde ou pas, il fallait garder les apparences. Surtout quand tu es la femme du premier ministre, n'est-ce pas, chérie ? Un quelconque génie avait eu l'idée de creuser un canal à partir de la mer Rouge jusqu'à la mer Morte. C'était même la pièce maîtresse de l'accord de paix. Pendant que les innocents applaudissaient le Green Blue Deal qui devait mettre fin à la guerre de l'eau et du territoire dans la région tout en stoppant l'évaporation de la mer Morte, les architectes planifiaient le tunnel qui allait inonder la vallée et faire de l'État le plus grand producteur d'hydro-électricité du continent. Un deal trois pour un !

Hypatia pensait savoir ce qui se tramait dans la vallée. Elle qui avait mis tous ses œufs dans le panier du Green Blue Deal. Comme ils peuvent être naïfs, ces scientifiques.

D'ailleurs, hmm... Il se demande si elle n'en savait pas plus qu'elle ne le révèle. Comment avait-elle réussi à s'évader de la ville ? Pourquoi ne parle-t-elle jamais de sa vie personnelle ? Toujours prête à vanter ses exploits ou encore à décharger sur les autres ses regrets de scientifique. Pauvre Alef ! Jamais n'évoque-t-elle sa famille, ses proches, l'amant, surtout pas le mari architecte du Green Blue Deal, pas moins que ça. Avait-elle des frères ? Des sœurs ? Des... enfants ? Nah ! Hypatia, mère ? Elle, élever un enfant ? Pfft ! Jamais.

Dans tous les cas, comme tout ce qui se passe dans cette région, le projet du Green Blue Deal est tombé à l'eau, avec les ambitions d'Hypatia. *Tombé à l'eau.* Hihi ! Barthos ricane de son propre jeu de mots.

Pendant que les gens mouraient et d'autres se faisaient abattre en tentant d'échapper à la quarantaine, lui se baladait entre la vallée et la ville sécurisée, escorté par les garde-corps du premier ministre. Il n'avait jamais eu autant de rendez-vous que durant les mois de la quarantaine. À chaque traversée, les travaux sur le tunnel avançaient.

— Tout ça, c'est temporaire, l'avait rassuré la femme du premier ministre, alors qu'il terminait sa pédicure hebdomadaire. Tout est en branle pour l'inondation de la vallée. On va la noyer cette peste de maladie. Lèpre du sel ! Ha ! On va ouvrir les vannes et la renvoyer au fin fond de la mer, avant que le nom colle. On va même lever les barrages du Jourdain et du lac de Tibériade. Ce sera un déluge comme Noah n'en a jamais vu.

Les mots de sa cliente lui avaient donné froid dans le dos.

— T'as pas à t'inquiéter, mon cher Barthos. Ta place est réservée. Je ne laisserai quand même pas mon esthéticien préféré se faire emporter avec toute la racaille de la vallée, non ?

L'infrastructure avait bourgeonné à une vitesse telle... C'est sûr et certain, les gens au pouvoir avaient eu vent du fléau bien avant le reste du monde. Comment expliquer qu'en un claquement de doigts, les villes stratégiques avaient déjà leur propre dôme ? Comment expliquer le déploiement éclair des soldats dès l'annonce de la quarantaine ? Barthos est prêt à parier sa belle barbe ; Hor, lui, n'avait pas tout avoué lors des fameux palabres. Les autres survivants l'avaient peut-être cru quand il avait proposé « de contribuer à l'éducation des enfants » en organisant les visites guidées du mur et des tours de surveillance. Barthos n'est pas dupe. Hor prépare-t-il les jeunes pour le jour où les gens dehors ouvriront les vannes et inonderont la vallée ? C'est sans doute lui qui avait mis en place la voie de ravitaillement dans le tunnel Sea2Sea. Sinon à quoi servirait un général-major ? Mais bon, le sel avait été plus rapide, plus malicieux. Il a fait payer aux villes leur arrogance. Les premiers dômes étaient totalement inutiles. Ensuite, il y a eu le glissement. N'a fallu qu'un glissement de terrain et c'était fini le tunnel.

Barthos n'a pourtant jamais perdu espoir. Tôt ou tard, les gens dehors parviendront à leurs fins. En tout cas, lui, Barthos, sera prêt. Tout est organisé. Si des fontaines commencent à percer au milieu du marais, c'est que l'excavation derrière les monts de la vallée a repris de plus belle.

Bientôt, l'eau jaillira de partout. Quant à lui, il sera déjà bien installé sous la coupole et observera le spectacle en sécurité, derrière la vitrine de son salon de beauté.

Isaac
Isaac
Isaac

Barthos se retourne en sursaut.

— Qui est là ?

Isaac sous l'eau
Eau eau Isaac
sous l'eau
eau
eau

L'écho rebondit d'un mur de la grotte à l'autre.

Elle et lui
lui et toi
toi et elle
elle et elle

— Ankabout, c'est toi ?

Elle vit vit
vive vie et coule l'eau
eau
eau

— Qui elle ? s'écrie Barthos. Ankabout !

L'écho se tait.

Humaine j'étais
humaine
humaine
humaine disent-ils homme
suis homme suis
trickster malfaiteur suis
vieille disent-ils
vieille femme
femme je veille
veille jumeaux
jumeaux la vie
la mort veille
veille déluge
tonnerre
veille
veille je
veille cri
écho
guerre
guerre

Gare !

Au temps qui s'écoule

Anath est au pied de la palissade, bien plus loin sur la rive que d'habitude. En avançant vers elle, je remarque ses sculptures à moitié dissoutes dans l'eau. Depuis l'apparition de la fontaine, le marais a gagné en profondeur. On peut y tremper les pieds à présent jusqu'aux mollets. Il y a un mois, c'était une flaque qui couvrait à peine la cheville. L'air a changé de goût. Une tension tire sur l'humeur de la vallée. Personne ne sait ce que ça veut dire cette eau qui continue à jaillir du ventre du fond marin. Les flamants sont partis, ce qui ajoute à l'angoisse. Que feront-ils une fois de retour de leur migration ? Et si jamais ils ne reviennent pas ?

Le temps peut bien s'écouler et on peut se croire débarrassé du passé, il remonte à la surface à la moindre turbulence. Chacun au fond de soi se pose la question, sans oser la prononcer tout haut : si jamais la crue inonde la vallée, les flamants viendraient-ils à la rescousse ? Si nous avions la chance de nous sauver, serions-nous revenus pour eux ? Sommes-nous vraiment aussi vivants qu'on le pensait ? Ne sommes-nous pas encore un peu trop humains ? Pourquoi aideraient-ils ceux qui avant l'évaporation avaient détruit la planète ? Pourquoi nous rendre le moindre service alors que nous avions tout gâché ?

N'y a que les humains qui
Humains maîtres se croient
Maîtres se croient maîtres se
Croient
Croient
Maîtres

Zahr, mon jumeau, dansait les mots. C'était la veille de son départ.

Anath se caresse le ventre tout en contemplant son œuvre en chantier. Un miracle grandit en elle. Et en moi. Zeinab l'avait déjà deviné. Discrète comme elle est, elle n'avait rien dit. Elle nous avait ouvert les mains et y avait placé deux pochettes.

— Dans la main droite, des herbes fortifiantes. Dans la main gauche, des herbes abortives. Si vous choisissez la main droite, sachez que l'enfant grandira flamant. Enfant de toute la vallée. Comme vous avez grandi. Si vous choisissez la main gauche, sachez que l'enfant mourra humain. Le choix et le deuil vous appartiennent.

Les jours suivants avaient été les plus beaux de ma vie avec Anath. Nous parlions la nuit, imaginions l'avenir avec et sans enfant. Entre deux amours, Anath se blottissait contre moi. Ses disparitions de moins en moins fréquentes. Un matin, en me réveillant, je l'ai surprise en train de me regarder.

— On va l'appeler Atacama. En tout cas, en attendant que son jumeau flamant lui révèle son vrai nom. Qu'en dis-tu ?

Je l'ai embrassée, comblé du murmure du ruisseau après la sécheresse.

Dès lors Zeinab nous lance des sourires complices chaque fois que nous visitons la crèche. Toz, lui, fait comme s'il l'avait su avant tout le monde. Anath va souvent à la crèche, sous prétexte d'offrir son aide, ou d'amener aux petits ses figurines de sel. Elle aime observer les hommes les femmes les enfants. Qui allaite qui berce qui nourrit qui aide qui porte qui couche qui chuchote aux oreilles des bébés...

— Quand je suis là, ça me rassure, m'avoua-t-elle au retour.

— Comment ?

— On n'a pas trahi les flamants.

Au fur et à mesure qu'elle avance dans la grossesse, sa voix change. Sa voix a le ton inatteignable de l'horizon. De semaine en semaine, sa voix se détache de moi. Je n'en entends que l'écho. Plus son ventre s'arrondit, plus elle s'éloigne et l'angoisse s'empare de moi. J'ai envie de la prendre dans mes bras et ne plus jamais lâcher prise.

Là au pied de la palissade, elle est à la fois proche et distante. Elle se tourne vers moi, sa peau opalescente fait scintiller les gouttes de sueur sur son front.

— Je te cherchais.

— Je suis là... L'idée m'est venue dans la nuit, dit-elle sans quitter son œuvre des yeux. Une fresque. Un portrait de la crèche, poursuit-elle en examinant les traces de son burin sur la façade de sel.

— Pourquoi ici... C'est bien loin des grottes. Même des flamants.

— Ici c'est tranquille.

La conversation s'arrête là.

Je l'observe pendant qu'elle sculpte en silence.

Silence
silence
silence
Mouvement

Le sable sel remue sous nos pieds. Anath continuer à sculpter.

Remous
remous
remous
Tremblement

Anath taille cisèle le sel.

Le ronronnement d'un bruit. Grave rond rauque. Le bruit prend de l'ampleur. Le bruit résonne. À travers la vallée bourdonne le bruit. Le bourdonnement du sable éclate en tonnerre. Le tonnerre rugit dans la nuit. On dirait une horde de lions affolés.

Anath échappe le burin. Hypnotisée, elle avance vers le bruit, comme si je n'étais plus là. Je l'appelle, elle ne réagit pas. Je cours après elle. Le bruit est tel qu'il me plaque sur place. Les secousses s'intensifient. Des fissures zèbrent le sol. L'eau déborde des craques et monte monte monte. Je perds pied. Les torrents sont trop forts. Je tente de m'accrocher à quelque chose. N'importe quoi. J'aperçois une banquise de sel. Je me bats pour m'y rendre. Dès que je la touche, elle se dissout sous mes doigts.

Des silhouettes flottent debout dans l'eau. Elles s'engloutissent et remontent au gré des flux et reflux. J'appelle au secours. Elles ne m'entendent pas. Je pédale comme un fou, les poumons submergés d'eau. De l'eau saturée de sel qui me brûle les yeux. Je tends la main à l'aveuglette, frôle l'une des silhouettes. Elle est de dos.

— Anath ?

Je lui touche l'épaule. Elle s'enfonce dans les ténèbres, resurgit s'enfonce resurgit la face tournée vers moi. Un visage horriblement défiguré. Léché par la mer, le côté droit fondu comme la cire. Les yeux liquéfiés, les joues coulées, le nez affaissé dans la bouche. La bouche dans le creux du cou. Le cou avale le visage jusqu'il ne reste plus de visage.

— Non !

Je bondis, trempé de sueur. Les mains à la gorge. Autour de moi, tout est calme. Sec. Je prends de grandes respirations. Frissons. Je tâte mes paupières. Pas de sel. Je tapote dans le noir. Anath n'est pas là. Ne panique pas, c'était un rêve. Rien qu'un rêve. Elle est saine et sauve.

Je me lève, les jambes faibles, incertaines. Le sol est solide. Je suis dans la grotte, haut bien haut. Soulagé, je jette un coup d'œil dehors. Un ibex saute d'une roche un peu plus élevée et atterrit juste devant moi.

Il me fixe, la lune dans ses yeux. Ses cornes grattent la pierre, ses pattes tapent le rythme de l'eau, le clapotis des chutes dans les ravins.

— J'ai vu de l'eau... beaucoup d'eau, lui dis-je.

Il se relève sur ses pattes arrière et piaffe. Le son se répercute dans la grotte.

Eau eau eau

Vivant haut

Eau eau eau

L'ibex gravit le flanc de la montagne. Il reste en hauteur, garde la distance. Sa langue est pierres dégringolant la colline. L'ibex gratte parole tape mots saute phrases. Hor dit, non sans sarcasme, qu'on leur doit le code morse et le télégramme. Amana dit qu'ils nous ont appris la dabké la danse des paysans. Quand nos ancêtres piétinaient la boue sur les toits des maisons pour souder les craques et les fissures, nos ancêtres dansaient ibex. Et nous qu'est-ce qu'on leur a appris ?

J'avance jusqu'au bord de la grotte. Le fond marin est toujours là, luisant pâteux. Où es-tu, Anath ? Je scrute le paysage, à la recherche de sa silhouette qui brille comme une chandelle dans la nuit. C'est là que je les remarque. Une série de dolines ont crevé le sol. Elles forment une ligne qui semble se diriger vers le fond marin. Hypatia avait expliqué que les crevasses tendent à apparaître là où un ruisseau souterrain a creusé une voie. La surface fragile s'effondre par-dessus le vide laissé par la rivière. Qu'est-ce que ça veut dire ? Y a-t-il de l'eau qui dévale sous la surface ?

D'où vient-elle? Ça ne peut pas être une coïncidence, ce geyser au milieu du fond marin et ces trous.

Une lumière au loin. Quelqu'un a allumé une torche. La lumière suit la ligne des dolines. Je dévale la côte. Les pierres se détachent sous mes pieds roulent devant moi m'indiquent la route. La vallée s'agite à son tour. Les hyènes hurlent les léopards feulent. Des battements d'ailes frénétiques.

Cours!

Cours!

Ils me poussent me bousculent.

J'arrive au bord de l'une des nouvelles crevasses. Une lueur s'éclipse au fond du trou. Je décide de la suivre.

— Attends!

C'est Anath.

— Je pensais... Je te cherchais.

Je l'enlace, elle se détache doucement de moi.

— Il faut que je te montre quelque chose. Pas par ici. Cette crevasse est trop instable.

Elle me guide vers un sentier qui scie un immense rocher en deux. Le sentier descend descend. Le mur de pierre autour de nous, de plus en plus imposant. C'est un ravin qui m'est inconnu. Comment? Après toutes les sarha que j'ai faites avec Hypatia, avec les enfants? Et comment se fait-il qu'Anath le connaisse ce sentier? On arrive enfin à l'embouchure d'une caverne. La lumière autour d'Anath luit.

— Par ici...

Je la suis, désarçonné. Ses disparitions fréquentes... C'est donc ici qu'elle venait?

Elle pose le doigt sur la bouche. Nous avançons sur la pointe des pieds, la voie illuminée par l'aura d'Anath. Combien de temps avons-nous marché ? Une heure ? Deux ? Elle me fait signe d'arrêter, m'indiquant un coin sombre, une enclave creusée à même le mur de la caverne. Nous nous y glissons. Au bout de l'enclave, une ouverture au-dessus vers une sorte de cage. Comme si nous étions au fond d'un puits. Ce qu'il y a à l'autre bout, là-haut, aucune idée. Je me fais une carte mentale de la piste que nous avions suivie. Nous arpentions sans doute le sillon d'une rivière souterraine. Anath examine le puits et lâche un soupir rassuré en hochant la tête.

— On est au fond d'une crevasse ?

— Pas une crevasse. Alef... On n'est pas seuls.

— Qu'est-ce que tu veux dire ?

Des bruits étouffés se réverbèrent dans la cage. On dirait des oiseaux ou des souris. Anath répond en imitant le cri d'une chauve-souris. Une lueur point. Des pieds manucurés, couverts de poussière, sortent de l'obscurité. Toz fait un petit saut et atterrit à notre niveau.

Anath et Toz font ces excursions depuis que la fontaine est apparue. Quelle étrange équipe. Pourquoi ne s'est-elle jamais confiée à moi?

— C'est Salar qui m'a avertie, raconte Anath.

Un murmure tendu lézarde à travers le cercle. Après l'escapade dans le ravin, je les avais poussés à convoquer un palabre autour de l'Arbre de vie.

— Soit vous le faites, soit je le fais.

Anath était d'accord. Toz ne disait pas un mot.

— Les flamants voient l'entaille se creuser d'une migration à l'autre.

— Pourquoi n'en a-t-on rien su avant aujourd'hui? À quoi jouent les flamants, hein? demande l'un des habitants.

— Les flamants n'ont pas de comptes à nous rendre. Ils sont libres de partager ou pas partager ce qu'il leur plaît, répond Maïmoun. Est-ce que toi tu racontes ta journée de chasse aux flamants?

— Il y a un monstre à l'extérieur, interrompt Anath. Un grand monstre se réveille. Ce monstre va nous dévorer si on ne l'arrête pas.

Panique dans la foule.

— De quoi tu parles, ma fille? demande Isaac.

Elle lui semble tout à coup plus vieille que ses dix-neuf ans. La force qui émane d'Anath l'étonne et l'inquiète en même temps.

— Les travaux sur le canal ont repris, déclare sèchement Toz. Le tunnel Sea2Sea, pièce maîtresse du fameux Green Blue Deal d'Hypatia.

— Je n'ai rien à voir là-dedans, rétorque Hypatia.

— Ils sont tous impliqués, accuse Toz, en pointant du doigt Hypatia, Hor, Colt. Ils étaient tous impliqués dans le projet d'une manière ou d'une autre avant la catastrophe.

— Il n'y a que toi que j'ai vu glisser dans le ravin jusqu'à date, Toz, rappelle Anath. Que toi qui savais que cette route existait.

— Et Hor et Colt et Hypatia, se défend Toz, alors que les trois accusés gardent le silence. Tu penses que c'est par hasard qu'Hypatia avait réussi à se cacher dans la bibliothèque d'Ein Gedi bien après les derniers réfugiés des villes ? Par pure chance que l'usine fonctionnait jusqu'à la fin ? Colt, avoue-le ! Comme gérant, tu étais au courant de la voie de ravitaillement.

Il revient à Anath.

— J'aime bien ton innocence, ma belle. Cette innocence qui fait rayonner ta peau. Ah si j'avais ton joli teint, mais là il faut se réveiller. Regarder la vérité en face. Toi, Hor, général-major, qui en plus étais chargé de la sécurité et du contrôle du front intérieur, tu ne pouvais pas ne pas savoir qu'il y avait le tunnel Sea2Sea et un plan pour noyer la vallée.

La tension monte. Les gens, mi-choqués mi-craintifs, ne savent plus où mettre la tête. Un mauvais pressentiment louvoie dans mes veines. Ce n'est pas du tout ce que j'avais imaginé en demandant le palabre. À peine entamée, la conversation dérape.

— C'est pas comme si je ne vous avais pas avertis, lâche Toz en ciblant Hypatia et Amana. J'en avais même parlé à toi, Maïmoun. Les trois soi-disant sages de la vallée. Ha! Pas un seul parmi vous n'a voulu même entretenir l'idée que notre lalaland d'amour et de solidarité aurait une date d'échéance. C'est tellement évident. Si on a survécu de ce côté, c'est que d'autres ont survécu de l'autre, sous les coupoles. Vous avez peut-être décidé d'oublier le monde, le monde lui attend patiemment son heure.

— Toz, ça suffit! interjette Isaac, un trémolo trahissant son trouble.

— Bon tu montres enfin tes dents, mon Isaac.

Il avance vers le musicien. Il a envie de le prendre et partir. Loin de ces gens qui ne l'ont jamais aimé. Il ravale sa colère. Sa voix s'adoucit.

— T'es celui qui me traite comme un égal. Celui qui ne m'a jamais méprisé. Celui qui... Isaac... Mon doux Isaac... T'es pas moins aveugle que les autres. Ta trompette t'a rendu sourd. Tu vois pas que cette vallée est trop précieuse pour que les gens dehors l'abandonnent à une bande d'utopistes?

Toz continue, indifférent à l'effet dévastateur de ses mots.

— C'est une question de temps. La civilisation ne frappera pas à la porte. Elle va la défoncer, et personne n'entendra ta trompette chanter.

Il tente de tenir la main de l'homme qu'il aime. Isaac recule.

— On a une décision à prendre, dit-il en s'adressant à la foule les poings fermés. Soit on rejoint le reste de l'humanité, soit on se noie avec les flamants.

— En tout cas, Toz, tu as le mérite d'être clair. Toi, on sait où sont tes allégeances, coupe Hor.

— Et toi ? Où sont les tiennes ? rétorque Toz.

Amana, l'expression impassible, regarde Hor. Toz avait pris les mots de sa bouche. Hor se lève à son tour.

— Est-ce que je savais que le tunnel existait ? Oui. J'avais même la charge de la sécurité de la voie de ravitaillement.

Silence.

— Et je savais que les autorités s'apprêtaient à noyer la vallée et tous ceux qui y étaient confinés. Y avait pas d'autre solution. On avait tout essayé. Étouffer la maladie sous l'eau, comme elle avait été pendant des siècles, c'était le seul moyen de remettre le couvercle sur le pot. Et tant pis pour tous ceux qu'on avait barricadés. Ils allaient mourir tôt ou tard.

Un vent glacial traverse la foule.

— Alors... j'ai fait exploser le tunnel.

— Le glissement de terrain... le... le glissement... C'était toi ? Tu nous as condamnés ! hurle Toz.

— Je vous ai sauvés ! Je *nous* ai sauvés ! Nous étions tous déjà condamnés, tu vois pas ? Tu pensais vraiment que tes chères clientes allaient venir à ta rescousse, pauvre con ? Je vais te dire exactement ce qui arriverait si on décidait tous maintenant aujourd'hui de traverser le tunnel et de se révéler au reste du monde. Ils vont d'abord nous arroser de balles. Ceux parmi nous qui survivront - toi Anath avec ta peau qui brille, toi Colt avec ta jambe qui a vaincu la maladie, toi Alef le premier-né - vous allez tous finir rats de labo. On va expérimenter sur vous jusqu'à la mort, et jamais jamais vous ne reverrez le soleil. Vrai ou pas Hypatia ?

Hor lance à Hypatia un regard cinglant.

— Vrai, répond-elle simplement.

— Je n'ai pas menti, je vous ai pas menti. Ni moi ni Colt ni Hypatia. L'effondrement du tunnel, c'était la meilleure chose qui nous soit arrivée. Nous avons une vie ici, elle est vraie. Nous avons construit quelque chose. On a fait ce que le monde entier n'a pas su faire. Vivre ensemble. Vous m'avez accepté avec mon histoire avec mon passé. J'ai payé ma dette. Je la paie à tous les jours. Je suis l'un de vous. Je vis et je mourrai avec vous.

Amana se lève.

— Tu n'es pas mort. Ce sont les malheureux enterrés sous les décombres du tunnel que tu as fait exploser qui sont morts. Leur avais-tu demandé leur avis avant de les sacrifier en notre nom ? Dis-moi, en quoi ce que tu as fait est-il différent de ce qu'eux allaient nous faire ? Il y en a qui étaient des réfugiés de la ville, comme Hypatia. D'autres des ouvriers. Des soldats. Tes soldats.

Hor baisse les yeux.

Amana secoue la tête et tourne le dos à l'assemblée. Comme si elle avait donné l'ordre, l'un après l'autre, les gens se lèvent à leur tour. Le cercle saigne d'hommes et de femmes abandonnant le palabre, l'échine ployée.

— C'est ça ? Vous allez juste partir ?

Maïmoun tremble. Je n'ai jamais vu mon père dans cet état.

— Est-ce que ça vaut si peu à vos yeux cette vallée ? gronde-t-il, la voix pleine de reproches. Qui n'a pas de regrets de sa vie d'avant ? Qui parmi nous a tout avoué lors des palabres ? Qui durant les dhikr n'a pas omis une âme ou deux blessées par nos actions ou nos paroles ou par notre inaction ? Comme ça vous allez jeter à la mer vingt ans de travail d'effort de confiance de rêves ? Combien d'impossibles avons-nous démentis ensemble ? Nous avons même retrouvé la langue commune bon Dieu ! Amana, combien d'histoires nous as-tu racontées ? Pourquoi faire ? Les oublier aussitôt que la réalité ne nous accommode pas ? Toi et moi ? Sommes-nous juste un conte ? Un mensonge ? Isaac, Colt, Zeinab, Hypatia... Regardez-nous. Dehors, nous ne nous serions jamais rencontrés. Et qu'en est-il des enfants ? Nos enfants ? Ulna, Alula, Sama, Bahr, Anath, Alef... Sont-ils aussi un mensonge ? Toz, tu as raison. On a une décision à prendre. C'est pas celle que tu penses. Soit on se fait confiance, soit on se jette tous dans l'une des crevasses.

— Moi je suis prête à me battre, déclare Anath, la main placée sur son ventre rond. Pour l'enfant qui grandit en moi. Pour Salar et tous nos jumeaux parmi les flamants. Pour les salicornes et les tamaris. Pour l'hyène et le léopard. Pour les petits blaireaux et les chacals. Pour le sel. Tu l'as toi-même dit, Amana. Tu nous le répètes sans cesse. Combien de dhikr à chanter que nous sommes le sel ? Le sel nous a donné la vie. Le sel est dans ma peau. Dans la vôtre. Nous sommes le peuple du sel. Vrai ou pas ? Je n'accepte pas ce que tu dis, affirme Anath en apostrophant Toz. Pourquoi laisser les monstres qui nous ont confinés déterminer notre destin ? Se soumettre ou se noyer. Vraiment ? C'est pas un choix. Non ! Pourquoi les laisser vivre dans leur coupole et accepter la mort de notre vallée ? Détruisons plutôt les coupoles. Libérons-les autres de leur peur, comme le sel nous a libérés.

Amana, émue, revient sur ses pas. Hypatia, malgré sa mauvaise jambe, se met debout. En solidarité ? En protestation ? Difficile à dire. Colt lève le poing. Hor contemple Anath mi-admiratif mi-inquiet.

— C'est la guerre que tu veux, Anath ?

Ma voix casse l'harmonie précaire qui s'installe.

— S'il le faut.

— Ça va contre tout ce qu'on chérit dans cette vallée. Les flamants n'ont pas besoin de sauvetage. Ni d'ailleurs les autres vivants. Ne mêle pas tes désirs avec les leurs.

— Et toi tu sais ce que désirent les vivants ? Alors qu'est-ce que tu proposes ?

Sa voix est dure. Je réponds presque en chuchotant.

— Serait-ce si terrible si on remettait à la mer ce qu'on lui doit? L'eau qu'on lui a volée?

— Tu es suicidaire ou quoi, Alef! s'indigne Toz à son tour.

— Pourquoi pas partir? Les vivants n'ont jamais revendiqué quoi que ce soit, ni la vallée ni le fond marin. Qui sommes-nous pour la réclamer et faire la guerre en son nom?

Hor revient à la charge.

— Mais partir où!

— Simplement partir. Les flamants partent tout le temps. Pourquoi pas nous ?

Je ne dors pas. Des cauchemars m'assaillent, l'angoisse m'étouffe. Depuis la dispute durant le palabre, Anath et moi ne parlons presque plus. Les semaines s'écoulent. La chaleur de l'été s'est affalée sur la vallée de tout son poids. La vie se renferme le jour dans un silence oppressant. Nous aussi. La nuit, la vallée se lève de son hibernation comme un vieil homme aigri. Les gens font ce qu'ils ont à faire sans l'enthousiasme des saisons d'autrefois. Ils traînent des pieds, ou ils s'énervent.

Anath s'éclipse dès le coucher du soleil et travaille en silence sur sa fresque. Sa peau lui servant de lumière. Ou bien elle va à la crèche et s'occupe des enfants avec Zeinab. Avant l'aube, elle disparaît avec Colt et Hor dans l'un de leurs lieux de réunion secrets. Son vocabulaire a changé. J'entends des mots d'un autre temps. Guerre révolution insurrection attaque défense contre-attaque armes tactiques stratégies pièges... L'aura de sa peau n'a jamais été aussi resplendissante, mais elle a pris un teint plus sombre. Je n'ose plus la toucher quand elle vient se coucher vers midi après une nuit blanche à préparer le combat final. Sa peau m'est rêche sous les doigts. Le sel qui la couvre pique comme des épines. Elle a perdu la douceur des passereaux. Elle est épervier rapace oiseau prédateur. Parfois, elle s'approche de moi, et je me demande si ce n'était qu'un réflexe. La vérité, c'est qu'elle me manque. Elle me manque cruellement.

La vallée me manque. Les flamants me manquent. Pourquoi tout devait-il s'effondrer pendant leur migration ? Savaient-ils ce qui allait advenir ? Nous ont-ils abandonnés ? Zahr m'a-t-il quitté ?

Plus rien ne va dans la vallée. Nous avions brisé le cercle du palabre sans résolution. Dans les jours qui ont suivi, des camps se sont formés. Certains veulent suivre l'exemple de Toz et tenter leur chance à l'autre bout du tunnel, d'autres veulent se battre, la plupart vivent dans la peur le marasme ou la paranoïa. Personne ne sait ce qui les attend de l'autre côté. Quel ennemi ou quel sauveur, des humains ou des monstres. La vie ou la mort.

Ma mère Amana ne fait plus les dhikr comme avant. Il y a beaucoup trop d'absents. Je la surprends en train de pleurer parmi les salicornes. Maïmoun, mon père, n'a jamais été aussi sollicité. Les gens cherchent des réponses à des questions impossibles. Maïmoun a passé deux décennies à écrire le Livre des vivants. Toutes les leçons que nous ont enseignées les flamants, les vérités que nous a inculquées la vie, les conversations avec les vivants et les sagesses héritées des différentes traditions et religions. Ce livre qui n'est pas un livre, mais une somme de langues rêves et voix intraduisibles. Plus vivants qu'humains. Ça ne suffit plus. Les gens demandent soudain après des rites anciens, se remettent à la Bible à la Torah au Coran. Ils répètent des mythes qu'on croyait oubliés.

Les tamaris nous observent en repliant les branches. Les vivants tentent en vain de déchiffrer les mots étranges qui s'insèrent dans notre parole. Ces mots qui appartiennent au temps des humains. Une langue fabriquée de noms, noms qui nomment qui maîtrisent qui possèdent. Une langue imperméable aux vivants s'installe dans le quotidien des conversations. Je vois les expressions de perplexité sur les visages des blaireaux et des damans.

Isaac joue toujours sa trompette. Au lieu des blagues qui ponctuaient les soirées, les gens écoutent, chacun relégué à sa solitude. Quand il ne joue pas, Isaac fabrique des instruments et des outils qui ne chantent pas. Des objets qui servent au deuil ou au départ. Des objets pour trimbaler vingt ans de vie à travers le désert. Nous vivons le temps à rebours. Tout se défait, même ma naissance. Mon corps se rétrécit, mon univers aussi. Bientôt je ne serai plus qu'une cellule avortée. Et ce qui m'a créé disparaîtra à son tour.

Je n'aurais jamais dû presser Anath et Toz de tenir ce palabre. Toz est parti. On a trouvé sa grotte vide le lendemain, sauf pour sa trousse de beauté et une note adressée à Isaac : « Pour tes dreads, mon Isaac. Prends-en soin. N'oublie pas la beauté. Elle nous réunira encore peut-être. Barthos. »

Il a laissé la bouteille de Dove aussi (cadeau pour Colt et Hor) et des instructions sur la manière de prendre soin des cochenilles et les recettes de quelques-unes de ses crèmes et teintures (pour que ceux et celles qui veulent le suivre puissent faire leur retour à la civilisation avec panache et ceux qui veulent mourir sur le champ de bataille puissent le faire en sentant le parfum). La vallée est fade sans lui. Il était toujours celui qui détonnait. Vain irrévérencieux. Il revendiquait le droit à la frivolité. Il avait fait sa place sans rien concéder ni aux autres ni au sel ni à la vallée. Je l'admirais. J'aurais tant aimé crier moi aussi : allez vous faire foutre ! Vous et votre guerre !

J'ai grandi premier enfant parmi les survivants. Ils m'ont nourri de tant d'espérances et de promesses. J'ai grandi avec le sentiment que le monde renaissait parce que je suis né. Ce que d'autres appelaient utopie, le lieu parfait le lieu qui n'existe pas, moi je l'appelais vallée. Et j'y ai cru.

Ils se sont trompés d'enfant. Ç'a toujours été Anath. Anath avec son corps qui brille, Anath avec ses sculptures qui dansent, Anath avec sa conviction et son intrépidité. Anath qui porte l'avenir dans son ventre. Le vrai avenir, celui qui ne dépend pas de l'illusion de vivre en harmonie. L'avenir qui consent au deuil à la peur à la colère même à l'ennemi le droit d'exister. Anath qui est prête à tout détruire avant de se soumettre. À quoi au juste ? À qui ? N'est-ce pas que nous avions tous accepté de nous soumettre à la vie ses mystères ses imprévus ? Suis-je le seul à me souvenir de la danse des flamants ?

Les flamants ne se battent pas. Les flamants n'ont jamais possédé la vallée. Les flamants traversent les océans. Les flamants avaient déjà quitté une fois le bassin sud de la mer Morte et nous avaient suivis. Est-il si terrible de vouloir les suivre à présent ? Laisser la mer Morte vivre sans nous ? Pourquoi pas ? Suis-je le seul à rêver d'autres mers d'autres mondes par-delà la vallée ?

— Les gens ont peur, c'est normal, me dit Hypatia, même Anath.

Elle est la seule qui me console dans ces moments.

— Ne lui en veux pas Alef. Elle est une lionne piégée. Ses instincts de mère lui disent de se battre pour protéger son enfant.

— En risquant sa vie ? En faisant la guerre sans même avoir vu qui est l'ennemi, si même ennemi existe ? C'est mon enfant aussi ! Les flamants élèvent leurs petits dans les lacs toxiques pour les éloigner des prédateurs, pour ne pas avoir à se battre justement. Elle veut courir vers le danger, alors que partir, c'est ce que nous devons faire ! Toi tu étais partie. Tu avais laissé la ville et ça t'avait sauvé la vie.

— Mais ça m'a coûté cher, mon Alef. Plus cher que tu ne puisses l'imaginer.

Nous parlons des heures durant, elle et moi. Au début, je venais l'aider aux leçons, ensuite, je m'assurais qu'elle ne manquait de rien. Elle ne sort presque plus de la grotte. Elle blâme sa mauvaise jambe. Je ne la crois pas. De tous les premiers survivants, Hypatia a toujours été celle qui résistait. Elle résistait même à elle-même. C'est sans doute pourquoi rien de ce qui se passe ne semble l'ébranler. Ou peut-être cache-t-elle simplement bien son jeu.

— Je suis trop vieille, la peur ne peut rien contre moi, me dit-elle souvent.

— Tu n'es pas plus vieille qu'Amana et Maïmoun.

— La vieillesse est mesurée à coups de joies et de déceptions. Et moi, mon Alef, j'en ai eu plus que ma part.

Tout en prêchant la vie qu'elle et Amana avaient imaginée dans la vallée, Hypatia s'en méfie.

— Retiens ça mon Alef : ne tombe pas sous le charme de tes propres rêves. Les humains ont trop de failles. Ils ne savent pas vivre avec la beauté.

Maintenant, je la visite surtout pour lui lire à haute voix. Sa vue se détériore. L'idée d'une Hypatia incapable de lire seule m'est insupportable. Je lui apporte à chaque visite diverses lunettes parmi celles que nous avions récupérées au fil des ans des stations balnéaires. Elle s'est pliée jusqu'ici à mes souhaits, les essayant l'une après l'autre. Pas aujourd'hui.

— Tiens essaie celles-ci.

— Je les ai toutes essayées.

— Une dernière.

— Je suis fatiguée. Fais-moi plaisir et lis le prochain chapitre d'*En attendant les barbares**. On était rendu à la partie la plus importante.

— Non. Ce livre est trop déprimant. Pourquoi me le fais-tu lire ? C'est ça qui nous attend ? On va tous virer fous et s'entre-tuer en attendant l'arrivée de barbares que nous ne verrons probablement jamais ? C'est ça ?

— Justement je te dis de lire pour qu'on ne finisse pas comme les habitants de la colonie dans le roman.

* J. M. Coetzee, *En attendant les barbares*, Paris, Éditions Points, 2000 (1980).

C'est trop tard
trop tard
tard
trop tard

La grotte vibre. Les poils se dressent sur ma peau. Un sourire triste se dessine sur le visage d'Hypatia. A-t-elle senti la présence d'Ankabout?

Où es-tu Ankabout? Où sont les barbares? La guerre s'est infiltrée dans la vallée, alors que personne n'a vu les gens dehors.

Dehors
hors
hors

Nous nous étions réconciliés avec la mort. Nous avions même conclu un pacte avec les flamants avec toi avec tous les vivants. Où es-tu, Ankabout?

Vivants
vent
vent
vent dehors

Nous faisions la chasse pour nous nourrir et acceptions d'être proies. Nous donnions nos corps après la mort en offrande, comme les vivants nous donnaient les leurs. Même les hyènes s'étaient prêtées au jeu. Même toi. On a brisé la promesse, Ankabout, alors que personne n'a vu ces barbares. Personne n'a vu les gens dehors.

Barbares
dehors
hors

Les mélanges explosifs de Colt ont délogé les poudres et crèmes de beauté de Toz, alors que personne n'a vu les gens dehors.

Hor récupère et répare tout ce qui peut servir d'arme ou de bouclier parmi les ruines de la tour de surveillance. Il guette des oiseaux artificiels, alors que personne n'a vu les gens dehors.

Personne
  sonne
  sonne l'heure
sonne

Où es-tu, Ankabout? Prends-moi dans ta toile. Vibre vibre je t'en prie. Je ne te sens pas.

La chaleur accablante a mis fin aux sarha. Qui sait si la saison prochaine nous serons encore là. Si nous recommencerons le rituel. Si nous accueillerons les flamants. Tout se passe sous le couvert de la nuit. Ce qui était magique auparavant : dormir le jour, renaître le soir, travailler bercés par les étoiles, danser cuisiner suivre la cadence des vivants nocturnes, donner rendez-vous à la pleine lune, tout ça a pris une allure macabre.

La nuit est noirceur, Ankabout. Les étoiles exposent les fissures. Les trous poussent comme des champignons dans le paysage. Nous nous recroquevillons dans nos tanières. Ceux qui craignent la guerre sont déjà prêts à l'exil. Le pessimisme a vicié la musique de la vallée. Les bruits de roches pulvérisées de glissements de terrain de geysers qui explosent là où il n'y avait que sel et désert. Ces bruits de notre quotidien sont désormais à nos oreilles des présages sinistres, alors que personne personne personne n'a vu les gens dehors !

Lance-moi un fil, Ankabout. Je n'ai plus la danse des flamants.

Élance-moi d'ici, Ankabout !

— Alef.

La voix d'Hypatia plane dans l'air vide. Sans écho.

— Elle n'est plus là. Lis-moi donc le roman.

— Tu le liras toi-même quand on aura réglé ton problème de lunettes.

Elle s'impatiente.

— Tu comprends pas. Ça vaut pas la peine.

— Je suis certain qu'il y a une lunette qui fera l'affaire.

— Khalas Alef ! Si tu veux savoir, c'est la cataracte. Je vais perdre la vue. C'est une question de temps.

Je m'assois, abasourdi.

— Pourquoi tu m'as rien dit ?

— Il y a rien à dire.

Je me mets à farfouiller comme un obsédé dans la Cave aux lettres. Il doit y avoir une solution.

— Laisse tomber.

— Non !

— J'ai vu tout ce que j'ai à voir. Je n'ai plus besoin de mes yeux. De toute façon, n'est-ce pas ce que voulait Ankabout ? Qu'on ne regarde plus avec nos yeux ? Eh ben, j'ai une longueur d'avance. J'ai juste besoin que tu m'ouvres la prochaine page du roman, Alef. Je t'en prie.

Je ne sens pas les larmes couler. Ni mon corps trembloter de rage. Ni même Hypatia se lever du lit et m'entourer de ses bras. La colère a tout engourdi.

— Pourquoi faut-il que tout s'effondre ? Pourquoi !

— Tout s'effondre mon Alef. Ça fait partie de la vie.

— Quelle vie ? Il ne reste plus de vallée ! Plus de vie. Tout le monde se comporte comme s'il était déjà mort. Et Anath ne veut plus rien savoir de moi ! Alors à quoi bon tout ça ?

Les larmes explosent en sanglots. Je n'ai plus la force de contenir l'émotion qui bouille en moi. Hypatia aveugle ? Non ! C'est trop ! À quoi sert tout ça ! Je frappe des pieds tout ce qui est autour de moi. Me jette sur le vieux labo d'Hypatia et me met à casser les bocaux, l'un après l'autre. Ces bocaux fantômes, je ne supporte plus de les voir.

— Alef ! Arrête !

Je me dirige vers la bibliothèque et je largue les livres par terre. Je vois du coin de l'œil *En attendant les barbares* au chevet du lit. Je prends le roman et le projette contre le mur.

— Non ! s'écrie Hypatia.

Un bout de papier s'échappe d'entre les pages. Un bout de papier carré qui flotte dans l'air avant d'atterrir sur le sol. Je le ramasse, il a une texture étrange. Dure luisante collante. Je le retourne. Une jeune Hypatia me dévisage. Elle porte un nourrisson dans ses bras. Hypatia bondit et m'arrache l'image. Les yeux pleins de larmes, elle boite jusqu'au lit et embrasse l'image en la tenant entre les deux mains. Je veux fuir. Courir plus vite que mon corps. Hypatia fait un pas vers moi.

— Lâche-moi !

Et je me sauve.

Elle me vient en vaguelettes, une voix frémissante.

Alef...
Alef...

Une caresse chaude me frôle le visage par intervalles. Je tapote les alentours avec la main. Ma main s'enfonce dans le sel. La texture familière me soulage. J'ouvre les paupières. Les rayons du soleil matinal me font signe à travers les feuilles feutrées de l'Arbre de vie. Ils sont de moins en moins brûlants sur ma peau. L'été s'achève.

Je ne vais presque plus à la grotte ni à la tour de surveillance. C'est un trou noir sans Anath. Je reste dans les bras de l'Arbre. Sa voix me console. J'attends le retour des flamants. J'attends le retour de la pluie. J'attends Anath. Le temps s'écoule. Je ne compte plus les heures les jours les semaines. Bientôt elle accouchera. Entre-temps, je demeure dans un état de mi-conscience. L'espérant. Son corps rond lové contre moi. Son corps étincelle.

Elle se glisse parfois à côté de moi. Sans dire mot, je pose des baisers sur son front ses yeux son nez ses joues son cou. Mes mains trop petites pour ses seins pleins. Incapable de retenir mes larmes. La gorge nouée de tendresse et de tristesse. Il m'arrive de sangloter en lui faisant l'amour. Elle me prend alors avec vigueur, même avec violence. Elle me cloue contre le lit de sel. La surface rugueuse m'écorche le dos. Elle monte sur moi et me chevauche, me mordille les lobes en m'écartant les bras, ses paumes plaquent mes mains contre le sel. Son ventre se frotte contre le mien. La vie bat entre nous, séparée par une mince couche de peau. Anath gémit. Des gémissements qui jaillissent de ses tréfonds. Le Yaaaaaaaah de sa jouissance aussi grave qu'un volcan. Nos soupirs font frémir les feuilles de l'Arbre. Il gémit à son tour, lance nos voix au vent. L'écho de nos soupirs résonne à travers la vallée.

Je ne sais plus si elle crie de plaisir ou de douleur. L'enfant ballotté entre nous glisse de son bassin et se niche en moi. Anath me fait l'amour comme si elle cherchait à se libérer. À éclater de son corps. Sa peau brille tant qu'elle m'aveugle. Je suis vidé. Je perds connaissance. Au réveil, elle a déjà disparu.

Alef... Aujourd'hui le jour.
Le jour Alef
Alef

La fontaine continue à sourdre au centre du fond marin. Pendant l'été, aussitôt crachée, l'eau s'évaporait dans la chaleur. L'espoir avait repris dans la vallée. Peut-être que le pire était déjà passé. Peut-être que c'était juste une anomalie. Peut-être que les gens dehors ont laissé tomber le canal. Et les crevasses apparues récemment seraient les dernières. Pourtant le niveau de la mer ne cesse de monter, preuve que l'eau coule dans les voies souterraines et fuit par les fissures du fond marin. Les passages de sel qui mènent à l'Arbre s'engloutissent. Bientôt l'Arbre sera naufragé sur son îlot solitaire, comme avant l'évaporation. Les pourpiers qui jonchent le lit de la mer se noient, tandis que les salicornes se retirent du rivage. Amana a recommencé à cueillir les graines et à les préserver. Sans se l'avouer, elle se prépare à un autre exil.

Comment est-ce possible ? La mer avait pris cent ans à s'évaporer, même avec la machination des humains. Vingt ans nous avons construit une vie sans elle. Comment est-ce possible qu'en si peu de temps, l'eau reprenne ses droits ? Comme dans mon rêve, les sculptures d'Anath se dissolvent, rongées par l'eau. Le rivage est peuplé de figures amputées. La palissade sur laquelle Anath avait gravé l'histoire de la vallée, et tant de scènes de vie fond grain de sel après grain de sel. Bientôt elle redeviendra un simple ourlet blanc, une petite dentelle sur le rivage. Tout ce qu'Anath avait pris tant de soin à créer revient au sel. Pourquoi n'avions-nous pas fait comme les peuples avant nous ? Pourquoi n'avions-nous pas inscrit nos histoires sur la pierre dans les grottes ? La crèche la trompette d'Isaac les tamaris les hyènes les léopards les flamants qui dansent Maïmoun en conversation avec l'Arbre Hypatia entourée de livres et de vieux instruments de labo...

Hypatia. Je ne suis pas allé la visiter depuis que j'ai découvert son secret. Le bébé qu'elle avait abandonné derrière les monts dans la ville-coupole. Je n'en ai pas le courage. Tout se confond en moi, ses choix mes choix les choix d'Anath. Je pensais qu'elle m'avait transmis ce que j'avais à savoir. Je commençais à m'imaginer dans la Cave aux lettres, racontant aux enfants les hypothèses des scientifiques comme elle me les racontait. Alula, Ulna, Bahr, Sama et éventuellement Atacama, notre enfant, à Anath et moi. Hypatia, celle qui m'a tout appris sauf la seule chose qui compte. La part la plus vraie d'elle-même. L'enfant qu'elle a sacrifié pour la vallée.

Que restera-t-il de nous sans la palissade qui porte nos histoires ? Que des résidus rejetés par les vagues sur la plage ? Pourquoi est-ce si facile de détruire d'effacer les traces ? N'avons-nous pas le droit de vivre en paix ? Sans peur sans déception sans dévastation ? Sans le spectre de cet ennemi qui bat le tambour de l'autre côté ? Qui est-ce qui bat le tambour au fond ? Les gens dehors ou bien nous ? Sommes-nous condamnés à nous autodétruire, comme le racontent les légendes ? Et le livre de Maïmoun, qui le lira ?

Il y a une semaine ou deux, la fontaine a repris vie. L'eau monte vite.

Alef... La pluie arrive
rive rive la pluie
Arrive la pluie
Alef

L'Arbre chuchote. Les rayons du soleil s'éclipsent. Le vent siffle. Un vent pesant chargé d'humidité. Des rafales soulèvent le sel. Au lieu de briller, ses cristaux s'éteignent gobés par la brume descendue du ciel. Une goutte de pluie s'écrase sur mon front. Puis une autre. Puis une autre.

L'Arbre étire ses branches ouvre ses feuilles. Je fais de même. Le visage les bras le corps entier offert à l'eau. Le crépitement de la pluie sur le sol s'intensifie. Les gouttes petites rondelettes se transforment en lames. D'abord verticales, elles se penchent sur le côté et virevoltent avec les rafales.

La vallée s'anime. Les habitants sortent des grottes, émerveillés.

— Matar ! Matar ! Matar !

Les gens scandent le nom de la pluie. Des rires de joie retentissent à travers les averses. Nus, la peau striée de sel, hommes femmes et enfants se donnent des accolades dansent s'embrassent se félicitent. Les flamants arriveront. C'est le signe. Avec les flamants tout reviendra à l'état normal.

Je scrute les falaises. Les ibex sondent le ciel et disparaissent aussitôt dans les ravins. Ce n'est pas de bon augure.

Alef, c'est le jour
mon jour
jour
Alef

La voix de l'Arbre est à peine audible à travers la chute assourdissante. Les nuages avancent sur la vallée en décochant des flèches d'éclairs et de tonnerre.

Alef, c'est ton tour
tour ton
tour
Alef

Un éclair violet zèbre le ciel. Éclair violet. Violet zèbre le ciel. Zèbre le ciel et fend. Fend... Fend l'Arbre! L'éclair zèbre le ciel et fend l'Arbre. Fend l'Arbre. L'Arbre de vie. De vie! L'éclair violet zèbre le ciel et fend l'Arbre en deux.

Un cri terrible rugit à travers la vallée. La joie éclate en mille morceaux.

L'Arbre qui me protégeait, l'Arbre qui nous a rassemblés pendant tant d'années, l'Arbre qui m'a vu naître et naître tous les enfants de la vallée s'enflamme.

La panique gagne la foule. Sous la pluie, je reconnais la chevelure rousse de Zeinab. Avec Isaac, ils tentent tant bien que mal de guider les gens effarés vers les monts. Dans le chahut, je la vois. Anath. Chandelle parmi les silhouettes paniquées. Elle me regarde, les mains tendrement posées sur son ventre. Entre nous le feu l'eau la tempête.

Elle est trop loin. Je ne discerne pas l'expression sur son visage. Je la sens dans mes tripes. Une onde à travers la mer. Elle me dit adieu. Autour d'elle, deux autres figures. Hor et Colt. La foule hagarde part dans une direction, Anath part dans l'autre, Hor à côté d'elle, tirant Colt sur un chariot bien chargé. Ils se dirigent vers le ravin menant au tunnel.

Le feu prend de l'ampleur. Le passage qui relie l'Arbre au rivage se dissout.

— Alef! hurle ma mère.

Aman et Maïmoun se détachent de la cohue. Ma mère refuse de se déplacer du rivage. Mon père la retient par l'épaule alors qu'elle essaie de courir vers moi. Le sol sous mes pieds bat bat bat. Battement de tambour.

Boum

Boum

Boum

Je me retourne. Il est là. L'ibex, le même qui était venu me visiter à la grotte. Il piaffe. Je monte sur son dos. L'ibex cabriole d'un îlot de sel à l'autre.

— Remontez dans les grottes! Remontez dans les grottes!

Je crie en signalant à Maïmoun et Amana de partir avec les autres. L'ibex fait des bonds, léger comme une plume à travers la vallée. Il enjambe les trous, caracole d'un flanc de ravin à l'autre, zigzague par-dessus les ruisseaux inondés. Il me dépose à l'entrée du tunnel, gratte les murs du tunnel et bat le sol.

Flamants arrivent

Ils arrivent rivent

Flamants

Avant que je puisse le remercier, l'ibex disparaît.

Un bruit gronde à l'intérieur. Le bruit qui nous hante depuis des mois. Une pulsation régulière pompe à travers la caverne. Elle arrache à chaque battement les pierres et la poussière des murs de la caverne. C'est donc ça la langue de la civilisation?

J'appelle Anath. Ne répond que l'écho de ma voix à travers le bourdonnement. J'avance j'avance, prenant la route qu'elle m'avait montrée. Cette route avait tout changé. Anath s'était engagée sur une voie que je ne pouvais pas suivre. Je la suis quand même.

L'air dans le tunnel est saturé d'humidité. De l'eau suinte le long des murs. Le sol mouillé est parsemé de débris. Parmi les pierres brisées, un chemin saupoudré de sel. Les empreintes d'Anath imprimées sur le blanc. Anath et ses traces partout où elle va. Elle s'en plaignait car elle ne pouvait jamais jouer à cache-cache, encore moins se perdre durant les sarha. Amana lui disait que c'était la poudre de fée. Anath en perd trop. Sa peau pèle à un rythme effrayant. Comment aurais-je pu être si aveugle ? Le sel dont elle me couvre en faisant l'amour. Le sel qui colle à tout ce qu'elle touche. Sa fresque ses visites à la crèche. Son obsession avec les vivants qui muent. Les longues conversations avec les serpents et les flamants. Sa détermination à se battre. Risquer sa vie. Tout à coup, la vérité terrible me prend à la gorge. Son corps s'effrite. Est-ce le fléau ? Est-il revenu ? L'avait-elle toujours porté ? L'aura qui enveloppe... Elle est en train de mourir.

J'accélère le pas. Elle ne peut pas mourir. Elle ne peut pas ! Tout se bouscule dans ma tête. Je ne vois plus où je vais. Plus j'avance, plus le sel se répand, et le bruit qui pulsait s'amplifie, envahit chaque recoin de la caverne. Des voix étranges percent l'obscurité. Des cris mêlés à des pas frénétiques.

Quelque chose bouge derrière moi.

— Anath ?

Le coup m'atteint derrière la tête. Je perds l'équilibre. Des pieds bottés près de mon visage. J'essaie de me relever. Un autre coup.

Tout est noir.

Sourdent
Sourdent
Sourdent voix
Sourdes voix–hommes vous
voix–femmes vous
voix sourdes sourdes sourdes
Mes mots frémissement
poils sur peau
Ma voix eau calebasses dans
Mes traces sable danse sable
Mes secrets ventre roches
humains tant
humains vous
saurez jamais
jamais mon nom tant
humains vous serez
serez exilés
Vivants vie sans bruit
Vivants vie sans vie
Vivants sourds
sourds
sourds

Silence.

C'est le temps de la ville

Vivant. Le mot a un drôle d'effet dans ce lieu. Le mot préféré des gens de la vallée. On le répétait dans toutes les langues. Alef se demande ce qui est arrivé aux siens. S'il pleut encore dehors. S'ils ont réussi à atteindre les grottes. Si les flamants sont revenus. Si Anath... L'image du corps dissout d'Anath le hante. Et lui, est-il toujours vivant ?

La jeune femme scrute l'homme confiné. Les mains fines planent à quelques millimètres de la vitre qui la sépare de lui. Elle se déplace lentement autour de la cellule transparente, sans jamais le quitter des yeux. C'est comme si elle osait fermer les paupières, il disparaîtrait.

— Shimkha. Ton nom, lui demande-t-elle en hébreu.

Sa voix est froide, neutre. Il ne sait pas s'il s'agit d'une question ou d'un ordre.

Il ne dit rien. Elle répète la question en arabe.

— Ismak.

Alef se lève et avance. Ils sont nez à nez, elle, les traits pâles, blêmes d'avoir trop peu caressé la lumière du jour, et lui, le visage basané et les pommettes brûlées par le soleil. La proximité, même à travers le mur vitré, fait battre la femme en retraite. Ses gestes sont précis. On dirait qu'elle a même compté ses pas. Comme par effet de miroir, Alef recule aussi.

— Savez-vous où vous êtes? ajoute-t-elle, de nouveau en hébreu.

Il se rassoit par terre, pieds nus sur le plancher froid, jambes ramenées à sa poitrine, dos contre vitre, coudes appuyés sur les genoux. Il est vêtu d'un chandail et de pantalons amples, les mêmes qu'il porte depuis qu'il s'est réveillé... il y a quelques jours? Quelques semaines? Il ne sait plus. Il n'a aucune notion du temps ni d'où il est. Non ce n'est pas vrai. Il le devine. Hypatia vivait ici avant.

Alef contemple le ventilateur au plafond. Il en avait vu plein dans les ruines de la station balnéaire à la vallée. Celui-ci semble tourner sans vraiment tourner. L'air circule sans vraiment circuler.

— Ça fournit de l'oxygène. Décontamine l'air, affirme la jeune femme. Il ne faut pas mêler les souffles.

Il y a quelque chose d'intangible dans cet espace. Un vide. Une barrière invisible qui enveloppe tout ce qui a une épaisseur. Elle, sa voix ses gestes. Toujours sur le même ton. Jamais un mot de trop. Compte-t-elle les mots comme elle compte les pas? Respire-t-elle vraiment? Elle lui semble irréelle.

La cellule est nue, à part un lit et une chaise. Dans le coin, un lieu pour se laver et se soulager dissimulé par des vitraux d'un blanc opaque. Alef prend une longue et profonde respiration. La lumière ambiante n'a ni couleur ni odeur. Hypatia ne leur a jamais parlé de ce genre de lumière. Sans texture. Sans chaleur. Sans ombre. Sans histoire. Elle qui était scientifique dans sa vie d'avant le sel devait pourtant savoir à quoi ressemblait un laboratoire. Alef ne peut s'empêcher de penser à toutes les choses qu'Hypatia n'a jamais racontées, alors qu'à ses yeux, elle possédait les clés du monde.

La femme l'observe. Prend des notes mentales, transcrites et enregistrées sur le serveur central au fur et à mesure qu'elles les pensent.

> Première observation. L'âge du sujet. Du même âge qu'elle ou un peu plus jeune.
>
> Deuxième observation. En bonne santé, malgré les signes de vieillissement prématuré.
>
> Toisième observation. Le sel est incrusté dans sa peau. Mais il n'est pas malade.

Par un mouvement de la main, elle fait glisser, sans jamais y toucher, quelque chose à travers la fente qui sert à lui acheminer la nourriture, s'assurant de faire fermer le rabat de la fente de son côté avant qu'il puisse ouvrir le rabat de l'autre bord. C'est un carnet auquel est accroché un stylo. Une note traduite en cinq langues flotte pardessus la première page.

> Mon nom : Shaba.
> Votre nom ____________ ?

— Vous utilisez ces outils.

Encore ce ton neutre entre question et constat.

Au bout de vingt ans, il restait très peu de papier vierge dans la vallée, et encore moins de stylos. Lorsqu'on en trouvait, on les amenait à Hypatia, puisque c'est elle qui avait pris en charge l'éducation des enfants. On avait même développé tout un système de partage des crayons stylos surligneurs et papiers afin qu'ils demeurent accessibles à tous le plus longtemps possible.

— Pas question qu'on répète les erreurs du passé, martelait-elle. Pas question qu'un groupe ait accès à l'écriture au détriment des autres. Pas de scribes dans la vallée. Nous serons tous écrivains ou personne ne le sera !

Hor, comme d'habitude, s'en moquait.

— Un peu de hiérarchie n'a jamais nui à personne. C'est pas comme s'il n'y en a pas déjà.

Éventuellement, la vallée a fourni tout ce dont ils avaient besoin. Le papyrus pour écrire, la craie, offrande de la terre calcaire et l'encre rouge grâce aux cochenilles. Ils avaient surtout l'écoute la parole et la mémoire.

— Pendant des millénaires les humains ont transmis leurs histoires de génération en génération rien qu'avec la parole et les contes, ne cessait de rappeler Amana. Vous êtes, chacun et chacune de vous, les enfants, une bibliothèque.

C'est bizarre d'avoir un stylo et un carnet, rien qu'à soi-même. Alef ne sait pas trop quoi faire avec une telle abondance.

— La seule chose que tu peux faire : écris, aurait-dit Anath.

Le stylo est trop léger dans sa main. L'encre coule sans la moindre résistance. Prend forme au fur et à mesure qu'il bouge la main, sans jamais tout à fait s'imbiber dans le papier. Un papier lisse comme la soie. Il a du mal à contrôler le mouvement. Il avait appris à écrire sur la texture rêche du papyrus, écrire lentement en mesurant la pression de ses doigts. Il se délectait d'épouser les lettres aux reliefs de la feuille, comme le faisait si bien Maïmoun en rédigeant le Livre des vivants. Dans la vallée, on n'écrit pas, on dessine. Comment donc son père appelait-il cette façon de jouer avec les lettres ? Alef creuse sa mémoire. Tout est déjà si loin. La calli... la calligraphie. Entre la feuille et lui, un jeu de caresses. Jamais de forme fixe ni de ligne droite.

L'efficacité du stylo le trouble. Sa main va plus vite que ses pensées. L'encre marque la page avant qu'il n'ait le temps de ruminer les mots. L'impatience du stylo le pousse dans ses retranchements. Soit il ravale les mots et que ces derniers se coincent dans sa gorge, soit il les crache bruts. Sa main tremble. Entre la page et lui, une guerre plutôt qu'une danse. Il décide de se tenir à l'essentiel. Inscrire son nom. ALEF. Ce que ça produit est une aberration. Un ALEF tordu. Une blessure au lieu d'une caresse.

Les visites de Shaba sont plus fréquentes. Celles des médecins et des militaires, moins. Ils ont extrait du corps d'Alef tout ce qu'il y avait à extraire. La docilité d'Alef les avait étonnés, comme s'ils devaient être en conflit et que lui ne jouait pas son rôle d'adversaire. Pourtant à part son nom, Alef n'a rien révélé. À Shaba la responsabilité à présent d'extirper les réponses que les tests et les analyses ne leur ont pas encore fournies. C'est la condition à ses visites. Et la condition pour garder cette créature en vie, malgré les risques. Une faveur accordée à la fille de l'Architecte.

— Vous ne cherchez pas à vous libérer, remarque Shaba à travers la vitrine, toujours déterminée à poursuivre cette conversation à sens unique. La plupart ici se souviennent encore du monde d'avant l'évaporation, des quarantaines et des costumes suffocants qu'ils devaient porter jusqu'à l'installation des coupoles par-dessus les villes et le déploiement du bouclier kinesthésique. Vous les effrayez. Ils s'attendent à ce que vous brisiez la vitre et que vous les dévoriez, comme l'a fait le sel.

> Observation. Il sourit. Chercher le sens du sourire.

— Vous n'êtes pas docile. Vous êtes reconnaissant. On vous a sauvé. On vous a libéré de la vallée, conclut-elle.

Nous ne mesurons pas la liberté de la même façon, Alef aurait voulu dire à son interlocutrice, mais quand il ouvre la bouche il se rend compte qu'elle ne comprend pas, ou ne l'entend pas.

> Observation. Le sujet semble réceptif à la communication. Considérer de baisser temporairement le niveau d'imperméabilité du bouclier kinesthésique afin de mieux interagir avec lui. Tenter de créer un lien par des rituels d'avant l'évaporation.

Shaba a installé une chaise tout près de la vitrine et une petite table où elle place sa tasse de café. Les objets bougent sans qu'elle n'ait à les toucher. Comment elle le fait, Alef n'a aucune idée. Hypatia lui avait parlé une fois de forces magnétiques et d'objets mobilisés par ondes sonores et télécommandes. Ces humains des coupoles semblent posséder des pouvoirs qui leur permettent de tout faire sans jamais se frotter les uns aux autres, ou tenir quoi que ce soit entre les mains.

— C'est la télékinésie, explique Shaba, en réponse à l'expression perplexe d'Alef. Plus personne ne risque de contaminer l'autre.

Elle amène aussi une tasse à Alef. Elle la lui passe par la fente. Alef n'avait jamais goûté au café avant de rencontrer Shaba, bien qu'il savait ce que c'était en théorie. Le café est omniprésent dans toutes les histoires de ses parents, encore plus dans les livres qu'il lisait à la Cave aux lettres chez Hypatia. Quand il fermait les yeux et tentait d'en imaginer l'odeur et la saveur amère, il ne voyait que le kahwat nouh et les enfants les grillant sur le feu. Le souvenir le fait sourire, ce que Shaba note immédiatement. Ils ont leurs propres boissons chaudes dans la vallée, des tisanes composées de plantes variées qui poussent dans les collines. La première fois qu'elle lui en a apporté, l'odeur du café avait provoqué en lui un mystérieux sentiment de déjà-vu. La nostalgie d'un lieu où il n'avait jamais vécu. C'est dans ces moments-là qu'il prend acte du pouvoir du rêve. Et du poids réel des mots.

Les mots... Quand Alef s'efforce de parler en hébreu ou en arabe ou n'importe quelle langue humaine, ce qui sort n'a rien à voir avec ni l'un ni l'autre, même s'il comprend tout. Dans ce monde fabriqué, il est aussi inintelligible que le sont les vivants aux yeux de cette femme qui a grandi sous la coupole. Shaba l'écoute pourtant, examine chaque réaction scrute chaque mouvement.

> Observation. Le sujet re... Supprimer ~~sujet~~. Utiliser le nom donné. ALEF. Alef reconnaît le café. Le café est une boisson sociale.
>
> Hypothèse. Alef n'est pas seul. Possibilité d'autres survivants. Hommes. Femmes. Enfants. Femmes... Une femme ? Ma... ALERTE ! Spéculation.

Shaba avale une grande gorgée de café, alors qu'il est encore brûlant. La température est neutralisée avant même que le café n'atteigne sa langue. Les effluves ondulent devant son visage et lui cachent les yeux. Siroter le café ne lui procure aucune sensation, même si elle sait qu'il est censé être bon. Le parfum qui embaume la salle ne pénètre jamais le bouclier kinesthésique.

Question. À quoi peut ressembler la texture
du café sur la langue de cet homme ?

Plus Shaba passe du temps avec lui, plus Alef constate la profondeur du gouffre qui les sépare. Il appartient au monde des vivants, elle, au monde des vitres et des ventilateurs. Il a beau lui traduire ses pensées dans les seize langues qu'il maîtrise, elle n'entend pas. Étaient-ils comme ça, ses parents avant ? Hypatia, Hor, Colt, Isaac ? Sourds à la langue commune ? Ou est-il devenu si vivant qu'il était devenu intraduisible ? Est-il encore humain ? Pourquoi n'arrive-t-il pas à se faire comprendre de Shaba, alors que tous ses instincts lui disent que derrière sa posture raide, elle n'est pas si différente de lui ? Il voit les questions dans ses yeux, pressent sous son air neutre les remous.

Il se surprend à attendre ses visites à présent. Elle est la seule qui lui parle. D'une rencontre à l'autre, il a l'impression que la langue de Shaba se délie. Muscle engourdi qui retrouve peu à peu sa flexibilité. Ses mouvements sont moins calculés. Elle ne compte plus autant ses pas.

Elle cherche. Qu'est-ce qu'elle cherche ? Des réponses ? Une connexion ?

Alef ne peut s'empêcher d'être triste après son départ. Le temps passe passe passe. Une série de rendez-vous manqués, de presque de si seulement de demain peut-être. Il devine en elle le désir de surmonter la distance. Un désir immense se dégage de son regard. De ses gestes maladroits les instants furtifs où elle laisse faire son corps, comme quelqu'un qui n'avait pas dansé depuis longtemps.

Elle a enlevé ses gants. Il remarque ses mains. Elles sont manucurées. Une laque rouge. Le rouge kermès qu'il connaît si bien. Non. Est-ce possible ? Alef n'ose même pas prononcer le nom de Toz de crainte que l'espoir se volatise. S'il est vivant, ça veut dire qu'Anath...

Alef secoue la tête. Non ne te fais pas d'illusion, répète-il à lui-même. Deux secondes plus tard, le sentiment d'espoir revient à la charge, encore plus fort. Non, il n'hallucine pas. Quelque part Shaba essaie de lui transmettre un message. Cette laque détonne dans l'espace tout blanc qu'il occupe depuis des semaines. Non ce n'est pas une illusion. Il a vu l'expression choquée des gardes quand elle a enlevé ses gants. Ses actions trahissent une volonté de défi, même une révolte. La quête d'autre chose que cette existence ordonnée.

Elle tend l'oreille quand il parle, comme pour s'accrocher à une mélodie parmi les sons et les bruits. Elle lui rappelle son père, Maïmoun, dans ses moments. Son père le corps entier tendu vers les vivants, la plume de flamants dans la main. Un souhait profond de sauter par-dessus le fossé d'incompréhension anime cette femme.

Shaba est de ce monde et pas de ce monde. Il l'observe autant qu'elle l'observe. Elle a des pouvoirs que les autres n'ont pas. Elle peut se permettre ce que les autres scientifiques et même les militaires qui entrent dans cet espace ne se permettent pas. Pourquoi ? Qui est-elle vraiment ? Et qui est cet Architecte ? Ce nom qu'il lit sur les lèvres sèches des gardes dès qu'il est question de Shaba ?

Une frénésie curieuse s'agite en lui. Il faut qu'il sorte de cette cage. Il veut savoir lorsqu'elle le quitte, où elle part qui elle voit dans quel monde elle vit. Il veut voir la ville coupole. Découvrir cet univers si différent du sien. On les appelait les gens dehors à la vallée, mais c'est une erreur. Ils ne sont pas dehors. Jamais dehors ces gens. Ils sont confinés dans leurs espaces leurs corps. Comme Shaba.

Derrière sa posture neutre et assurée, elle n'est qu'un oiseau piégé. Un oiseau piégé séparé de son chant. Partout où il vole il se heurte à des murs invisibles transparents. Le chant est de l'autre côté. Le chant est dans la vallée. Si seulement elle pouvait le comprendre ! Malgré tous ses efforts, elle ne l'entend pas. La peur et le désespoir s'emparent d'Alef. S'il restait trop longtemps dans cette prison, deviendra-t-il sourd avant qu'elle n'apprenne à entendre la langue des vivants ?

C'est un rituel. Shaba se réveille, s'habille et se dirige au laboratoire. Cette fois sera la fois. Celle où le mur tombera. Elle court vers la cellule en se répétant la phrase. Elle parle à Alef, lui pose des questions auxquelles il répond par une mélodie étrange. Elle a abandonné sa routine d'observations. Les notes mentales, les consignes, les hypothèses, les conclusions, les constats articulés de manière bien concise, bien chiffrée. Trop peu de mots pour tant de mystère.

De visite en visite, elle développe son vocabulaire. Déterre les mots superflus que l'on supprime des rapports et des analyses. Ces mots archaïques qui disent les sentiments. Même si son bouclier ne lui permet pas de les éprouver physiquement, ces mots sont souvent ceux qui provoquent en Alef une réaction. Alors elle apprend à raconter, à combler le silence par autre chose que le langage froid qu'on lui a inculqué.

Entre ses questions, elle glisse des bribes de la vie dans la ville-coupole. Un univers où l'air comme le vent sont mesurés. Chacun sa part, chacun sa dose. Un univers ordonné. Gainé. Aux biopurs leur place, aux génocrates leur rôle. Elle introduit des mots qu'Alef ne comprend pas, des mots qui n'appartiennent pas à son monde : clé ADN, accès endogène... D'autres mots rappellent les histoires d'Amana, Maïmoun, Hor... Tous ceux qui ont vécu le temps d'avant l'évaporation : zones de passage et zones de triage, chemins réservés et chemins parallèles. Shaba attache aux gens comme aux choses des expressions qui ne chantent pas : monogame, monolangue, monochrome. Une fois la ville stérilisée, pas un transfuge, pas une seule brèche. Grâce aux scientifiques comme aux militaires, ils ont évité la contamination.

Il n'arrive pas à la déchiffrer. Ni à savoir si le portrait qu'elle brosse était à ses yeux à elle, beau ou monstrueux. Puisqu'elle n'arrive pas à l'entendre quand il parle, Alef dessine dans le cahier. Il dessine des scènes de vie dans la vallée. Il dessine Zahr, son flamant jumeau, il dessine le visage d'Anath, Isaac et sa trompette. Il dessine Amana cherchant le baume de Mecque dans les oasis. Il dessine la source de Wadi Arraija et la chute de Wadi Al-Khabat. Il dessine Zeinab, la sage-femme, et la crèche. Il dessine Hypatia dans la grotte entourée d'enfants. Il dessine pour ne pas oublier. Surtout pas céder au vide.

Shaba fait tourner les pages. Son visage trahit tantôt l'étonnement, tantôt la peur, l'émerveillement momentané est vite remplacé par mille autres questions.

— Ce que vous dessinez existe ? Vous viviez ensemble ? Même si vous n'étiez pas de la même race ?

Un dessin en particulier la fascine. Elle y plonge durant ses visites et oublie Alef. Oublie où elle est. Le dessin d'Hypatia dans la grotte, entourée d'enfants. Parfois, elle lui fait penser à Anath. Dans ce lieu stérile, elle ressemble à une rebelle. Elle interdit à présent les gardes de l'accompagner. Elle les chasse dès qu'elle s'installe face à lui. D'autres fois, il détecte dans sa voix la désillusion d'Hypatia, le refus de se laisser emporter par la possibilité d'un monde meilleur. Pourtant quelque chose en elle l'appelle. Une voix intérieure. Un cri.

Shaba a le sentiment qu'elle passe à côté de l'essentiel. Alef ne lui a jamais adressé la parole, pas vraiment. Le carnet est leur seul moyen de communication. Pourtant, il lui arrive de bouger les lèvres. Elle croit entendre une mélodie, des rythmes, des sons. Une langue qu'elle ne reconnaît pas. Quand il s'exprime, son corps entier parle, danse, danse parle. Lui, semble la comprendre. Il a accès à elle, alors qu'il lui est entièrement opaque. Elle est exposée.

Malgré les alertes et les avertissements, elle ne peut s'empêcher de vouloir lui tendre la main. Raconter. Lui raconter son univers. Un univers qui répond à chaque désir et à chaque émotion. Un univers qui neutralise tout ce qui peut ressembler à la nature et ses intempéries.

Elle a grandi couvée dans le rêve de son père. L'Architecte des coupoles à qui l'on doit la survie de la civilisation est aussi celui qui plaide depuis vingt ans pour la reprise du projet du canal Sea2Sea.

— Après moi, lui répète sans cesse son père, ce sera à ton tour. À toi de poursuivre mon œuvre. Une fois le tunnel terminé et que l'eau de la mer Rouge sera déversée dans la mer Morte. Tout va changer.

Dans la chambre de simulation de leur capsule familiale, la mer est partout. Sa vie et sa mort jouée et rejouée. Un récit fondateur que son père avait conçu juste pour elle, où Shaba pouvait incarner tous les rôles. Enfant, elle aimait tant cet univers qu'elle refusait de sortir du simulateur.

Elle a vécu sans y être l'époque d'avant l'évaporation, s'est insérée dans la peau des fous et des illuminés, des guides qui offraient aux touristes des visites des crevasses, et des géologues qui documentaient l'agonie de la mer. Elle ne l'a jamais senti, mais elle a vu le sel lui picoter les pieds. Elle ne les a jamais touchées, mais elle a fait les randonnées vers les colonnes de sel au milieu du désert. Pisté les oasis qui n'arrêtaient pas de disparaître. Arpenté les courants souterrains détournés par le retrait des eaux salées.

Dans le simulateur, Shaba a grandi dans le corps de la mer et au fond de ses trous béants. La mer la vomissait comme elle vomissait tout ce qu'elle avait dans les tripes. Shaba a vu le sel s'infiltrer dans les sources d'eau, contaminer les terres arables. Elle a cueilli la récolte qui maigrissait. Elle a creusé le sol qui se désertifiait. Elle a bravé les tempêtes de sable qui ravageaient la vallée. Elle a même été bactérie. Et comme la bactérie dormant des millénaires durant, elle se réveillait. Elle a été fléau. Lui qui hibernait sous la mer, exposé à l'air. Il avait du coup du soleil et de la chaleur pour se nourrir, de la chair vivante pour se reproduire, du vent pour le transporter. Du temps pour accaparer la vie et la dévorer.

Tous ces souvenirs sont ceux de sa mère. Encapsulés dans le simulateur. La seule trace qui reste de celle qui a disparu. Elle les vit et revit par procuration, espérant à chaque fois revoir le visage de sa mère parmi les figures. Mais il n'apparaît pas. Elle est dans sa mémoire, jamais dans son corps.

Ensuite, comme par miracle, les coupoles apparaissaient dans le récit simulé. Comment sa mère a-t-elle disparu ? Pourquoi l'a-t-elle quittée ? Ça l'a toujours tracassée le fait qu'on saute ainsi du début catastrophique jusqu'au dénouement heureux. Qu'en est-il de tous les gens qui ont vécu les événements entre les deux ?

La voici projetée dans la foule qui éclate de joie lorsque le bouclier kinesthésique est activé. La voici admirant le verre transparent de la coupole, teinté de couleurs arc-en-ciel. Les voici, les citadins se promenant dans leurs bulles hermétiques, ravis de pouvoir être ensemble sans avoir à gérer des attouchements involontaires.

Comme par miracle, le processus de triage est déjà achevé. Les groupes sont groupés, les classes sont classées. Les transraces et les biodivers éliminés. Dans le biodôme, on admire la nature, on observe les animaux dans leur habitat, on contrôle leur population, et d'aucuns ne sont exposés aux contaminants aléatoires.

Combien de fois s'était-elle plainte à son père de tous ces chapitres qui manquent au récit ? Surtout le chapitre de la disparition de sa mère ? Combien de fois avait-elle fouillé dans le serveur central, munie des accès top secret de son père, déclenchant alarmes et panique dans la coupole ? Combien de fois son père l'avait-il sauvée en prétendant être celui qui effectuait les recherches ? Combien de disputes autour de ces chapitres manquants et les questions auxquelles son père n'avait jamais de réponses convaincantes ?

Comment papa a-t-on réussi à faire entrer tout le monde sous la coupole et laisser le sel dehors ? Comment papa a-t-on trié les gens sans faire d'erreur ? Comment se fait-il papa qu'on est des biopurs nous et d'autres ne le sont pas ? Comment les génocrates sont-ils devenus génocrates ? Qui étaient les transraces? Qui étaient les biodivers ? Y a-t-il des survivants dehors ? Ma mère vit-elle encore quelque part dans la vallée derrière le mur ?

À ces questions l'Architecte répondait en farfouillant les cheveux de sa fille. Quand elle était devenue trop grande et qu'il ne pouvait plus la distraire avec des gestes de tendresse, il lui servait des réponses perforées de silences et de non-dits.

— Tu finiras par comprendre, ma Shaba. La nature a toujours filtré les plus forts des plus faibles, les utiles des inutiles, les déformés des spécimens parfaits, les valides des malades. Il faut sauter à la fin pour se convaincre des moyens.

Lorsqu'elle se montrait particulièrement obstinée, il lui promettait de lui expliquer le pourquoi du comment lorsqu'elle aura ses diplômes et ses accès de scientifique au poste central de la ville. Il la renvoyait à ses études en lui assurant qu'elle y trouvera toutes les réponses au moment opportun. En dernier recours, exaspéré par sa curiosité, il se remettait aux dieux et aux prophéties.

— Nous sommes là parce que nous avons été choisis.

— Ceux qui n'ont pas été choisis, où sont-ils ?

Il lui tendait alors la main et tous les deux replongeaient dans le simulateur, programmé toujours à la même scène. Celle où Shaba est bébé dans les bras de son père, alors qu'il reçoit sa médaille d'honneur devant la ville entière. Son papa, célébré héros de la cité. Celui qui a su foutre le sel et son fléau dehors. Avec ses minuscules mains, elle joue avec la médaille accrochée à son veston. Rien de plus convaincant qu'un bain de beaux souvenirs.

Le monde dehors n'existe plus. Ni la mer, ni les animaux, ni les plantes, ni les oiseaux. Ce qui est organique inspire la terreur. Ce qui respire est confiné. L'entrée d'Alef dans sa vie a bousculé son univers. Son père ne pouvait pas ne pas savoir qu'une communauté vivait par-delà les monts, au creux de l'ancienne mer. Si son père le savait, ceux qui sont au pouvoir le savent aussi.

Après les visites, Shaba plonge dans le simulateur, hantée par les chapitres manquants à son récit d'enfance. Elle revit, des heures durant, l'époque d'avant l'évaporation. Encore et encore et encore. L'époque où il était possible d'effleurer les choses, les sentir sur sa peau, même si la sensation est elle-même une illusion.

Des maladies pires que le sel taraudent les citadins. À force de vivre sous les dômes, enveloppés de leurs bulles et de leurs simulacres, personne ne sait ce qui est vrai et ce qui est faux. De crainte de toucher à la maladie, on n'a plus touché aux choses. Le corps, privé de stimulants sensoriels, n'arrive plus à sentir l'environnement, encore moins le reconnaître. Le bouclier kinesthésique régulé sur mesure est si impénétrable que plus rien ne le perce. On ne sent plus les coupures, on ne sent plus les caresses. On ne sent plus la chaleur, ni le froid, ni l'humidité, ni la sécheresse. Les sens sont neutralisés, tempérés de façon à enduire le corps d'un bien-être constant. Bain éternel dans l'eau à température ambiante. On ne perçoit rien. On ne goûte plus à rien. On ne sait plus comment faire l'amour, ni pousser, ni tirer, ni éjaculer, ni gémir. On ne sait plus comment jouir, ni accoucher de la vie.

À force de ne rien sentir, des phénomènes lugubres se propagent. Les gens affamés de sensation s'amputent les bras et mangent leurs doigts. D'autres perdent la raison en essayant en vain de toucher à l'intouchable. Et pourtant...

Voilà qu'un homme à la peau striée de sel respire dans la cellule hermétique du labo. Alef est la chose la plus tangible que Shaba n'ait jamais vue. Elle rêve de le caresser, de palper sa peau. Parfois Alef danse. Des mouvements aussi étranges que beaux. Il est humain et pas humain. Mais il est mille fois plus vivant qu'elle. Elle retourne au simulateur, cherche les animaux qui dansent ainsi. Découvre les flamants et dans le simulateur elle devient flamant aussi.

Son père l'Architecte l'a trempée et détrempée de mer, l'imbibant de sa vie, de sa mort. Jamais son père ne lui a-t-il parlé de la vallée sans évoquer le grand déluge.

— À toi de poursuivre mon œuvre, ma Shaba.

Jamais n'a-t-il évoqué les gens abandonnés dans les zones de quarantaine, ni l'effondrement des premières villes malgré les dômes. Ni l'expulsion forcée, ni les gens qui s'entre-dévoraient, ni les massacres de triage et de purification des races. Et jamais, jamais ne lui a-t-il parlé de sa mère... Celle qui était sa partenaire. Celle avec qui il travaillait sur le Green Blue Deal. Celle qui après avoir accouché de Shaba s'était enfuie.

Elle a grandi dans un trou de mémoire. Comme tous les habitants de la coupole, elle aspirait à ce moment, le grand déluge, qui remplira la mer Morte d'eau, enterrera le fléau et les libérera de leurs corps ankylosés.

Chaque fois qu'elle visite Alef, elle baisse le niveau de protection de son bouclier. Heureusement, son statut lui permet de contourner les détecteurs. Sinon, il y aurait eu une alerte depuis longtemps et on l'aurait « stérilisée » au nom de la sécurité des habitants de la ville-coupole. Plus elle s'expose, plus sa parole se libère. Plus sa parole se libère, plus son corps s'anime. Plus son corps s'anime, plus son désir de sensation s'accentue et la mémoire d'une autre existence s'éveille. Une mémoire plus vieille qu'elle. Aussi loin qu'avant l'évaporation. Surgit soudain le visage d'une femme. La femme qui l'a abandonnée. Elle cherche les traits flous de sa mère dans les dessins d'Alef. Reste hypnotisée par ces images d'hommes et de femmes entourés d'enfants. Sa mère est-elle parmi eux ? Elle ne sait plus si c'est sa mémoire qui lui joue des tours ou le dessin d'Alef.

Elle a l'envie irrépressible de se débarrasser de son bouclier. Rien qu'à y penser, l'idée la terrifie. Elle constate tout à coup qu'elle est en train de sombrer. Va-t-elle finir par se couper un bras elle aussi pour sentir quelque chose ? Toucher à ce visage qui lui échappe ? Entrer dans le dessin d'Alef ? Être là dans la caverne ?

Le voilà qui la regarde, inconscient de tout qu'il bouleverse en elle. Avant qu'Alef ne fasse irruption dans sa vie, Shaba marchait sereine dans les pas de son père. Elle s'imaginait l'architecte de la vie après les coupoles. Elle pensait que ses questionnements l'amèneraient là où son père n'avait pas eu le courage d'aller. Alef est-il l'antidote ? Celui qui fournira la clé ? L'antidote à quoi, elle ne le sait plus. La clé à quelle porte ? Ou à quelle cage ?

Le jour où l'on lèvera les barrages et ouvrira les vannes du canal s'approche. Une fois la vallée inondée, ses questions ne trouveront jamais de réponse.

Et si... et si elle libérait Alef ?

Et si... et si le fléau n'avait jamais existé ?

Et si... et si c'était eux, ce peuple incapable de sentir, le fléau?

Et si... et si sa mère vivait encore?

Et si... et si la vie l'attendait dehors?

Apeurée par les idées qui lui trottent dans la tête, Shaba se lève abruptement. Le carnet qui flottait tombe par terre. Elle bondit vers l'arrière comme si l'objet était infecté. Alef remarque le petit tremblement de la main de la jeune femme. Le mouvement élégant qui, il y a une heure, avait ordonné au café de flotter à travers la fente jusqu'à lui n'a plus de rythme. La tasse qu'elle lui offrirait à présent se serait brisée, et le café aurait éclaboussé la vitrine. Dans le regard de Shaba, mille mots, mille secrets.

— Il y aura un rassemblement. Bientôt, on va ouvrir les vannes et les barrages seront levés, dit-elle, les lèvres frémissantes, avant de filer.

Alef lève les yeux vers un ciel qu'il devine bleu par-delà le plafond artificiel. Soudain il la voit, perlée de sel, sa toile opalescente camouflée par la blancheur ambiante. L'apparition le remplit de joie. Elle a réussi à l'atteindre malgré toutes les barrières et les vitrines. Il y a encore de l'espoir. Ankabout descend sur son fil jusqu'au niveau de l'oreille gauche d'Alef et lui chuchote la nouvelle.

Vivants ils
    arrivent les
    flamants vivants
    vivants
vivants

Je parle
parle
parle à Corbeau
à Tigre parle
à Hyène parle
à Tortue disent–ils
J'ai sauvé le
prophète sauvé par ma
maison ma
maison dans la
bouche d'une caverne
caverne
caverne disent–ils la
maison plus fragile maison
est celle de l'araignée si
seulement ils savaient
Si seulement ils
savaient si
seulement
ils savaient !

C'est le temps de la révolte

Difficile de mesurer le temps dans ce lieu enfermé. Shaba ne vient plus depuis qu'elle a annoncé le rassemblement. Sans ses visites, je n'ai plus de repère qu'Ankabout. Elle a ouvert une brèche dans l'atmosphère opaque de la cellule. Le tissu imperméable se défait. L'air est poreux au toucher. Je le sens dans mes pieds dès que je les pose sur le plancher. Je flaire l'odeur alcaline de la vallée. Sur ma peau, les poils se dressent sous les caresses d'une brise lointaine. La nuit, par-delà les murs insonorisés, j'entends les babillards danser, les bulbuls chanter, les pierres rouler sous les sabots des ibex, les feuilles des tamaris frissonner dans le vent. Et même le grésillement du sel léché par la mer. La mer n'a jamais autant parlé. La mer est vivante vivante la mer. J'entends sa voix, une musique nouvelle, le va-et-vient des vagues.

Les damans m'ont appris à capter les ondes qui trahissent la présence d'un prédateur. Ankabout m'a appris à détecter les vibrations d'une proie. Les flamants m'ont appris à isoler dans la forêt de danse de cris de chants la voix de mon jumeau. Un bruit qui grondait à travers le tunnel le jour où l'on m'a capturé s'amplifie. Il tambourine le compte à rebours. Dans mes tripes.

Boum.
Boum.
Boum.

Des voix. Des voix. Voix dans les couloirs. Voix fébriles. Voix incertaines. Elles se répercutent au-delà de l'étroitesse des couloirs, juste derrière la porte. Elles plongent plongent dans un grand bain sonore.

Est-ce l'heure du rassemblement, comme avait averti Shaba ? Est-ce l'heure des vivants, comme l'avait promis Ankabout ? Cela fait si longtemps que je n'ai pas senti le soleil. Si je reste dans cette cage, je vais finir comme les gens de la ville. Il faut que je sorte. Il faut que je sorte d'ici.

Quelque chose se passe dehors. Un bourdonnement nerveux ponctué de silences résonne sous la coupole. L'écho d'une voix retentit, déformé par un filtre quelconque. La voix plane par-dessus le bruit. J'ai du mal à distinguer les mots. L'air est chargé d'anticipation. La tension monte. Le rythme s'accélère. La voix scande et lui répond un vrombissement jubilatoire.

Arrivent
rivent vivants ils
arrivent vivants
vivants
vivants

C'est Ankabout. Je ramasse tout ce qui m'habite de silence et j'écoute. Le bruit de la coupole disparaît. J'écoute.

Écoute l'écho
écoute
écoute!

La vallée souffle vibre résonne.

Vivants
vivants
vivants

J'écoute.
Écoute l'écho
écoute
écoute!

Derrière le bruit de la foule un autre bruit.

Chant.

Derrière le bourdonnement un autre bourdonnement.

Rythme.

D'autres battements. Cadence. Danse.

Je danse.

Des battements brisent la pulsation régulière des machines qui dévorent le tunnel. Le martèlement feutré de sabots sur le sel. Le gloup-gloup de pattes dans la mer. Le sifflement du vent sous des ailes. Le rugissement de l'eau dévalant les ravins.

Une détonation.

Des cris affolés. Un volcan au cœur de la ville. Des pas frénétiques se précipitent vers la porte. Ma porte. Une rafale de projectiles. La porte part en éclats. La fumée envahit la salle.

— Tasse-toi! commande une voix familière.

Un objet fuse et pulvérise les vitres de la cellule. L'onde est d'une telle force qu'elle me plaque contre le mur. Étourdi, confus, les sens submergés d'odeurs et de sons à la fois connus et inconnus. Des bras me soulèvent.

— Alef, lève-toi mon homme. Lève-toi!

La voix de Hor. Son visage se précise dans la poussière.

— Co... comment?

— Toz. Sacré Toz n'est pas si con que ça. Tu lui dois ta vie. Allez, sur tes jambes ! Colt nous attend.

— Et Anath ?

Hor ne répond pas. Il est armé, le corps en alerte. Dehors, c'est le tumulte. Des sons lancinants me scient les oreilles.

> Alerte ! Alerte ! Le bouclier kinesthésique
> est compromis.
> Alerte ! Alerte ! Ceci n'est pas un test.
> Alerte ! Alerte ! Protocole de stérilisation des
> espaces en vigueur.
> Veuillez vous retirer dans vos capsules.
> Toute personne exposée sera éliminée.
> Alerte ! Alerte !

Des lumières baignent le couloir enfumé de rouge sang. Dès qu'on sort de la salle une figure nous intercepte. Elle est couverte de la tête aux pieds en combinaison de protection, comme celle que portaient les gens qui m'examinaient.

— Arrêtez ! Arrêtez sinon je tire ! hurle l'homme, l'arme pointée sur nous.

— Merde, siffle Hor.

Nous sommes piégés. La salle derrière nous est en feu. L'homme a bloqué la seule voie de sortie. Hor s'apprête à se jeter sur l'homme quand tout à coup ce dernier s'écroule. Derrière lui, une femme tient un appareil. Elle ne porte aucune protection. Hor la vise avec son arme. Je crie.

— Non !

Il me lance un regard incrédule.

— Partez ! Partez avant que d'autres arrivent ! implore Shaba en nous ouvrant la voie.

Hor me tire par le bras.

— Viens avec nous, dis-je à Shaba.

Je me rends compte à cet instant que c'est la première fois qu'elle m'entend. M'entend vraiment. Elle hésite. J'insiste.

— Viens !

Hor s'impatiente.

— La vie après la coupole. Ç'a toujours été mon rôle.

Shaba, les larmes aux yeux, s'éclipse dans la fumée.

Nous courons dans le couloir. Ça débouche sur une galerie. Nous sommes très haut, au sommet de la coupole. La galerie longe la coupole en spirale de haut jusqu'en bas et donne sur le centre de la structure. J'avance vers le bord. Au fond, au cœur de ce qui ressemble à un grand espace de rassemblement, une scène insondable. Des hordes d'ibex gambadent parmi la foule terrorisée. Des hyènes s'attaquent en meute à tout ce qui bouge et ne bouge pas. Des léopards vont à la chasse. Des éperviers font des chutes vertigineuses et remontent les griffes pleines de chair.

Le plancher est couvert de sel de sable de sang. Comme si la mer avait vomi ses entrailles dans la coupole. Des hommes et des femmes paniqués s'emparent de tout ce qui leur tombe sous la main pour essuyer le sel de leurs corps. Les uns couvrent le visage de masques, les autres grattent la peau jusqu'à l'os, certains détalent tout nus dans les allées bifurquant du centre, alors que d'autres sortent leurs armes et abattent quiconque les frôle. Des rais de lumière rouge scannent l'environnement, suivis de sifflements et de chuintements. Les gens touchés par les rayons s'écroulent, suffoqués par une matière gluante qui les couvre de la tête aux pieds.

— T'inquiète, rassure Hor en observant froidement le massacre. Les scanneurs ne pourront rien contre nous. On n'a pas d'enveloppe hermétique. Les armes en revanche, c'est une autre histoire.

Un souffle de vent sur ma joue. Ce vent sablonneux aux relents de soufre et d'ammoniac. Jamais n'aurais-je cru un jour autant aimer cette odeur ! Je regarde vers le haut et je vois le ciel. La coupole est brisée. Des fissures traversent le plafond translucide. Ça me rappelle les branches de l'Arbre de vie. Des pans du plafond se fracassent, ouvrant une immense brèche. Le vent y glisse tornade et aspire tout ce qu'il rencontre en chemin.

Soudain, une plume rose virevolte. Une autre après une autre. La lumière du soleil se tamise. Des ombres drapent le chaos. Des ailes. Des milliers et des milliers d'ailes. Le vacarme assourdissant défait les trombes du vent. Vague après vague de flamants déferlent dans la coupole. Inondent l'espace de cancans et de plumes. Mon cœur gonfle de joie. Ankabout avait raison. L'ibex avait raison. Les flamants ne nous ont pas abandonnés. J'ai envie de sauter. De plonger dans l'océan rose. De me laisser porter par ses torrents. De la clameur, au cœur de la coupole, jaillit une lumière. La lumière d'Anath.

— Alef !

C'est Toz. Toujours aussi beau, même si ses yeux trahissent l'horreur.

— Les flamants sont arrivés ! crie-t-il en courant vers Hor et moi.

— C'est le signal. Il faut se rendre jusqu'en bas avant que Colt ne fasse exploser le tunnel, dit Hor.

Un épervier atterrit sur le bras de Hor.

— Je l'ai vue !

— Il faut déguerpir, Alef. Now !

— Par ici, indique Toz.

Avant que je puisse protester, Hor me pousse dans un autre couloir après Toz. Nous galopons, en passant de couloir en couloir, déboulant les escaliers immobilisés, l'épervier volant devant nous en éclaireur. Des gens paniqués hésitent avant d'avancer sur les escaliers, comme s'ils allaient tomber d'une falaise. Comme s'ils n'avaient jamais appris à mettre un pied devant l'autre. Comme s'ils n'avaient jamais senti la force de la gravité. Nous nous faufilons parmi eux. Ceux qui nous remarquent sont trop terrorisés pour nous pourchasser. Des vivants nous rejoignent d'étage en étage. Ils courent tantôt à côté tantôt devant tantôt derrière. Rendu en bas, je revois la lumière qui irradie du chaos. Des cristaux de sel fouettés par les ailes des flamants voltigent dans l'air.

J'avance vers la lumière. J'avance vers Anath. J'avance vers la flamme. Sa silhouette n'est plus que sel. Une galaxie de perles se détache de son corps et tournoie vers le ciel. Autour d'elle, les ibex les flamants les léopards les damans et d'autres vivants que je n'avais jamais vus. Ceux qui avaient été encagés dans le biodôme.

Je vois.

Le cauchemar qui me hante depuis cette nuit dans la grotte. Je vois le visage d'Anath qui se dissout. Je vois le corps d'Anath qui se défait. Je vois l'eau qui inonde la vallée. Je vois la mer Morte. Vivante. Morte. Vivante.

Je cours. Je cours vers elle en appelant son nom. Elle se tourne vers moi, les traits méconnaissables. Avant que je puisse la rejoindre, un grand flamant atterrit devant moi.

Faut partir
Tire tire
Pars pars Alef
Pars pars pars !

— Laisse-moi passer.

Voyage
Vois le voyage
Long sera long
Long
Long

— Laisse-moi passer, Zahr ! Elle meurt !

Ne meurt pas le sel
Elle est sel

Zahr s'envole, déployant grand les ailes face à moi. Il me regarde longuement avant de se dissiper dans la marée rose. Toz m'attrape par l'épaule.

— Tu vas nous faire tuer. J'ai tout sacrifié pour toi. Partons, pour l'amour du baume de Mecque, partons ! supplie-t-il, la voix tremblante.

Je le repousse. Hor s'empare de moi à son tour.

— Quel est ton nom ?

— J'ai pas de nom. On m'a jamais dit mon vrai nom.

— Si, t'as un nom ! Ton nom est Alef. Le premier. L'enfant flamant, c'est toi ! Sois premier. Sois le début, comme elle sera la fin de cet endroit. L'enfant t'attend, ton enfant ! Les gens de la vallée t'attendent. Tu voulais partir, non ? Les flamants n'attendront pas, eux. Le voyage sera long. Partons !

Hor me force à tourner le dos à la scène et me pousse en direction du tunnel. Colt est à l'embouchure. Au moment où nous nous apprêtons à y entrer, des soldats armés surgissent. Hor fait un signe à Colt et se jette sur les soldats. Colt allume le bout d'un fil et nous ordonne de courir le plus vite possible.

— Et toi ?

— Tu blagues ? fait Colt en pointant sa jambe amputée. Barthos, poursuit-il, appelant Toz pour la première fois par son vrai nom. Tu dis à ton Isaac de jouer une belle chanson pour nous, hein ?

Les yeux de Toz se remplissent de larmes.

— Maintenant foutez le camp ! ordonne Colt.

Nous nous enfonçons Toz et moi dans l'obscurité du tunnel, l'écho de cris et d'explosions derrière nous.

— Où est la terroriste dénommée Anath?

Silence.

— Le prisonnier. Alef. Votre dernier contact remonte à quand?

Silence.

— Avant l'effondrement du tunnel? Après? Avez-vous facilité sa fuite? La fuite des autres?

Silence.

— Vous savez, leur petit sabotage artisanal n'a fait que repousser l'inévitable. On a levé les barrages. La vallée s'inonde déjà. Bientôt, on ouvrira les vannes du canal. Il ne restera plus rien.

Silence.

— Shaba. Vous me permettez de vous appeler par votre prénom? Croyez-moi, ça ne me réjouit pas du tout d'être ici. Père, je ne parlais que de vous à mes filles. Combien de fois je vous ai donnée en exemple à mes enfants quand elles procrastinaient? L'image de vous bébé dans les bras de votre père, médaillé. Votre père, Shaba. Il risque l'exécution. Vous comprenez? Il fait tout pour vous protéger quitte à se faire accuser lui-même de trahison. Aidez-moi à vous aider. Aux yeux de tant de citadins vous êtes... ihm... étiez un modèle. Vous, la famille de l'Architecte. Nos modèles. Votre père a tout sacrifié et grâce à lui la ville est sauvée. Votre père... Il vous a pavé la voie. Il vous a tout offert sur un plateau d'argent. Votre avenir. L'avenir de la ville. Vous êtes son héritière. Son œuvre. Pourquoi protéger ces terroristes ? Tout ça n'est qu'une stratégie perverse. Cette femme, Anath, a failli nous détruire. Répandre le sel. Nous tuer alors qu'on allait vaincre cet horrible fléau. Voulez-vous nous voir dévorés par la lèpre du sel ?

Pas un mot de l'accusée. Son regard ne déloge pas de ses poignets enchaînés à la table dans la salle d'interrogation. Shaba sourit malgré elle. S'ils doivent revenir aux costumes hazmat et aux bonnes vieilles menottes, c'est qu'ils n'ont pas pu rétablir le bouclier kinesthésique. Le procureur laisse échapper un long soupir qui embrume son masque. Son costume s'active et aspire l'excès d'air. Essayons la carotte.

— Où sont les rescapés ? reprend-il. Si nous pouvions les retrouver... Il n'est pas trop tard, vous savez. Vous pouvez encore réparer l'irréparable. Nous sommes entre nous. La ville-coupole, c'est une famille. Ce procès, votre trahison. Aucune trace n'en restera dans votre dossier. Vous avez vécu un moment de folie temporaire, une psychose. Nous l'avons vu dans vos notes mentales. L'Architecte vous a peut-être trop mis sur les épaules. Normal, avec tout ce qui est attendu de vous. Tout ce temps passé avec ce barbare contaminé de sel. Vous n'êtes pas la première et ne serez pas la dernière à succomber aux effets de la maladie. Le sel vous a empoisonné l'esprit. Si vous répondez aux questions, personne ne saura que vous avez trahi les vôtres.

— Je n'ai trahi personne.

Enfin une réaction. Le procureur enfonce le clou.

— Si, vous avez trahi ! Qui a tué le soldat qui gardait le prisonnier ? Qui a désactivé les escaliers dans les couloirs du laboratoire ? Qui a libéré les animaux du biodôme ? Vous êtes coupable de la pire des trahisons ! Vous avez trahi vos concitoyens qui vous adulaient, vous, votre père, votre sacro-sainte famille. Nous vous aurions suivis jusqu'à la mort. Vous avez coopté les gardes, les avez entraînés dans votre folie. Qui sont vos complices ? Impossible que ces barbares se soient échappés de la ville la plus fortifiée de la planète sans de l'aide. Vous avez trahi votre peuple. Et à cause de vous, ceux qui ne sont pas déjà morts dans le chaos...

— Vous voulez dire massacre. C'est vous le traître, monsieur le procureur. Vous et tous les monstres qui dirigez cette ville. Le sang des citadins est sur vos mains !

— Qui dirigeait la ville, hein ? C'est vous, princesse de l'Architecte, qui dirigiez la ville. Vous et votre classe de biopurs, biotraîtres.

Shaba baisse le regard. Ce qu'il dit est vrai. Elle a autant de sang sur les mains que lui. Sinon plus. Du sang chaque fois qu'elle avait laissé tomber les questions. Chaque jour qu'elle avait laissé Alef pourrir dans la cellule.

— Les gens de la vallée... demande-t-elle, du coup, la voix moins certaine. Vous avez dit « rescapés ». Ils se sont échappés donc. Ils ont échappé au déluge ?

— C'est à moi de poser les questions. Vos complices ne vous ont même pas fait assez confiance pour tout vous dire. Vous me faites pitié.

— Ils se sont échappés, répète Shaba, plus à elle-même qu'à son interrogateur. Échappés.

— Qu'importe, s'ils se sont échappés ? Ce sont des condamnés. Ils se sont condamnés eux-mêmes en choisissant de vivre dans la vallée. À mêler leur sang, mêler leurs corps. À manger Dieu sait quoi du sol contaminé. Comme vous d'ailleurs, ils portent le fléau. Tôt ou tard, ils vont mourir, leurs corps seront dévorés par le sel de la mer Morte. Et vous aussi. La seule question qui demeure, c'est comment vous voulez mourir : traîtresse ou patriote ?

— C'est vous qui me faites pitié, dit-elle soudain au procureur. Vous êtes déjà mort et vous ne le savez même pas.

Déstabilisé, le procureur réajuste son masque. Vérifie ses gants. Examine ses signes vitaux, l'intégrité de son cocon aseptisé. Dire qu'après vingt ans il est obligé de porter de nouveau ce costume suffoquant ! Bon, tout semble sous contrôle. Rien ne pourra infiltrer son bouclier vestimentaire. Non, lui ne mourra pas de la lèpre du sel. Jamais. Jamais ! Ce fléau lui a tout enlevé. Sa mère, sa femme, ses enfants... Et cette femme, cette enfant gâtée a failli tout détruire. Elle l'a peut-être déjà fait. Qui sait combien d'infectés se sont échappés. Combien de ses complices ont réussi à sortir de la vallée avant que l'armée ne lève les barrages ? Il y en a peut-être qui sont parmi eux. Peut-être en a-t-il croisé un sans le savoir, peut-être l'a-t-il touché... Peut-être que le sel... Non, non, non !

Le procureur se met à suer sous le regard pénétrant de Shaba. Le costume est du coup trop chaud, trop serré. Il faut qu'il sorte d'ici. Maintenant. Tout de suite.

— Nous poursuivrons cette conversation plus tard, déclare le procureur, la voix étouffée.

Et il claque la porte de la cellule.

Quelque chose effleure la joue de Shaba. Une caresse. Douce, soyeuse. Que c'est beau de sentir, sentir la vie. Elle lève les yeux vers le haut. Ses yeux montent, montent, montent suivant un fil translucide. Jusqu'au plafond de la cellule. Là, dans le coin.

Une araignée.

LE TREK DU BASSIN SUD
AU BASSIN NORD DE LA MER MORTE

1. Battir, le village d'Amana
2. Ein Fashkha
3. Les grottes de Ein Gedi
4. Bibliothèque de Ein Gedi
5. Wadi Arraija et Wadi Al-Khabat
6. Umm Baghaq - Station balnéaire et zone de quarantaine
7. Bassin sud de la mer Morte
8. Bassin nord de la mer Morte
9. Usine de décantation

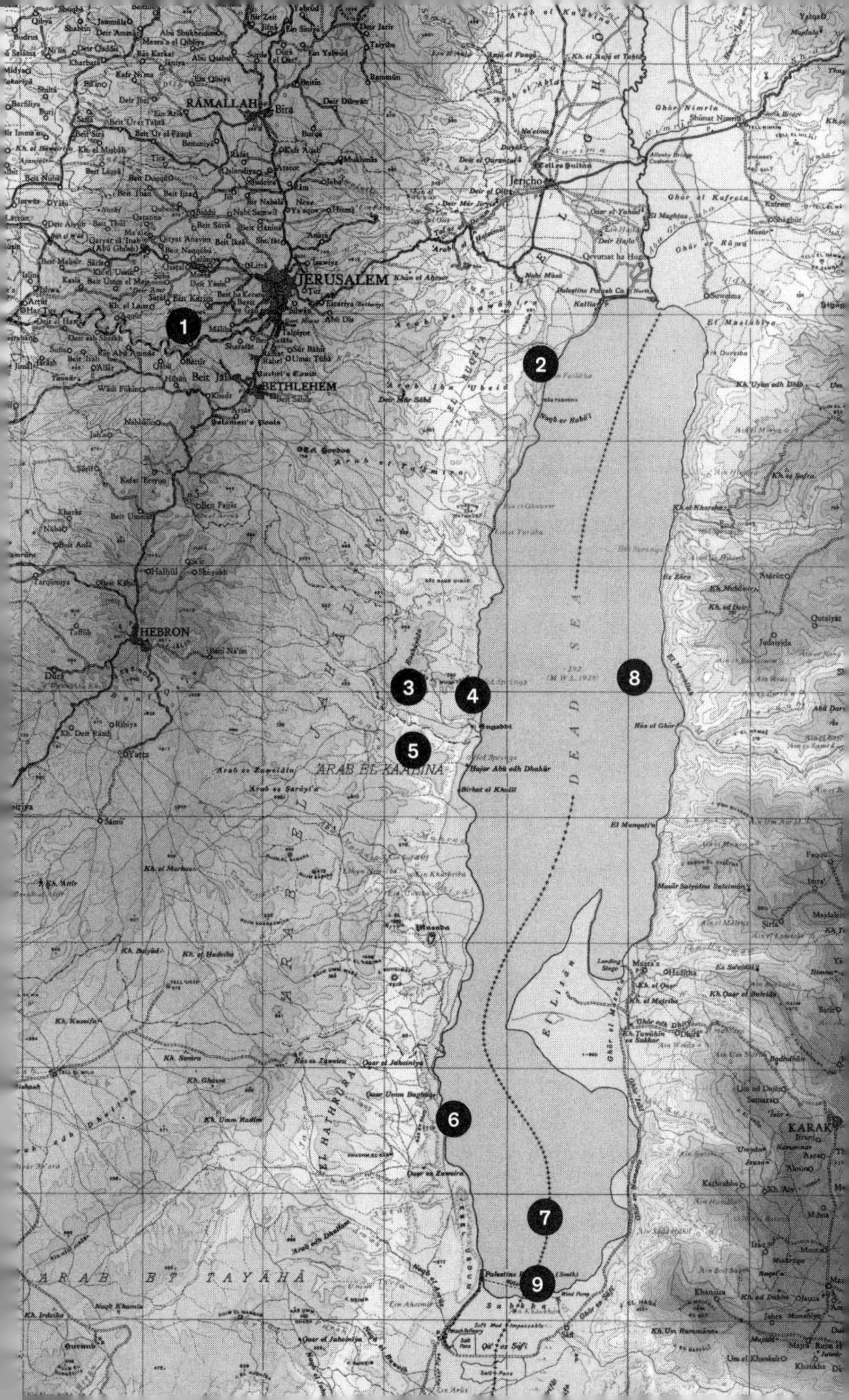

RĀMALLAH
Bira
JERUSALEM
BETHLEHEM
HEBRON
Jericho
KARAK
DEAD SEA
El Lisān
ʿARAB EL KAʿABINA
EL HATHRŪRA
ʿARAB ET TAYĀHĀ
Masada
Engeddi
Beit Jala
Yatta
Dura
Halhul
Samu
Ghōr es Sāfi
Allenby Bridge
Nabi Mūsa
Kallia
Mazraʿa
1
2
3
4
5
6
7
8
9

DANS LA COLLECTION ROMAN

Gouverneurs de la rosée, Jacques Roumain
Trilogie tropicale, Raphaël Confiant
Brisants, Max Jeanne
Une aiguille nue, Nuruddin Farah
Mémoire errante (coédition avec Remue-Ménage), J. J. Dominique
Dessalines, Guy Poitry
L'allée des soupirs, Raphaël Confiant
Je ne suis pas Jack Kérouac (coédition avec Fédérop), Jean-Paul Loubes
Saison de porcs, Gary Victor
Traversée de l'Amérique dans les yeux d'un papillon, Laure Morali
Les immortelles, Makenzy Orcel
Le reste du temps, Emmelie Prophète
L'amour au temps des mimosas, Nadia Ghalem
La dot de Sara (coédition avec Remue-Ménage), Marie-Célie Agnant
L'ombre de l'olivier, Yara El-Ghadban
Kuessipan, Naomi Fontaine
Les latrines, Makenzy Orcel
Vers l'Ouest, Mahigan Lepage
Soro, Gary Victor
Les tiens, Claude-Andrée L'Espérance
L'invention de la tribu, Catherine-Lune Grayson
Détour par First Avenue, Myrtelle Devilmé
Éloge des ténèbres, Verly Dabel
Impasse Dignité, Emmelie Prophète
La prison des jours, Michel Soukar
Coulées, Mahigan Lepage
Maudite éducation, Gary Victor
Je ne savais pas que la vie serait si longue après la mort, collectif dirigé par Gary Victor
L'amant du lac, Virginia Pésémapéo Bordeleau

La nuit de l'Imoko, Boubacar Boris Diop
Les chants incomplets, Miguel Duplan
La dernière nuit de Cincinnatus Leconte, Michel Soukar
Cures et châtiments, Gary Victor
Des vies cassées, H. Nigel Thomas
(traduit par Alexie Doucet)
Le testament des solitudes, Emmelie Prophète
Première nuit : une anthologie du désir,
collectif dirigé par Léonora Miano
La maison des épices, Nafissatou Dia Diouf
L'enfant hiver, Virginia Pésémapéo Bordeleau
Fuites mineures, Mahigan Lepage
Les brasseurs de la ville, Evains Wêche
Le vieux canapé bleu, Seymour Mayne
Volcaniques : une anthologie du plaisir,
collectif dirigé par Léonora Miano
Le bout du monde est une fenêtre, Emmelie Prophète
Manhattan Blues, Jean-Claude Charles
Le parfum de Nour, Yara El-Ghadban
Le jour de l'émancipation, Wayne Grady
(traduit par Caroline Lavoie)
Le petit caillou de la mémoire, Monique Durand
Bamboola Bamboche, Jean-Claude Charles
Nuit albinos, Gary Victor
Le bar des Amériques, Alfred Alexandre
De glace et d'ombre, H. Nigel Thomas
(traduit par Christophe Bernard et Yara El-Ghadban)
Le testament de nos corps, Catherine-Lune Grayson
La femme tombée du ciel, Thomas King
(traduit par Caroline Lavoie)
Sans capote ni kalachnikov, Blaise Ndala
Adel, l'apprenti migrateur, Salah El Khalfa Beddiari
Phototaxie, Olivia Tapiero
Écorchées vivantes, collectif dirigé par Martine Fidèle
Manikanetish, Naomi Fontaine

Sainte dérive des cochons, Jean-Claude Charles
160 rue Saint-Viateur Ouest, Magali Sauves
Masi, Gary Victor
Je suis Ariel Sharon, Yara El-Ghadban
Tireur embusqué, Jean-Pierre Gorkynian
Cartographie de l'amour décolonial, Leanne Betasamosake Simpson
(traduit par Arianne Des Rochers et Natasha Kanapé Fontaine)
Le rossignol t'empêche de dormir, Steven Heighton
(traduit par Caroline Lavoie)
Le chant de Corbeau, Lee Maracle
(traduit par Joanie Demers)
Les enfants du printemps, Wallace Thurman
(traduit par Daniel Grenier)
Ben Aïcha, Kebir Ammi
La balançoire de jasmin, Ahmad Danny Ramadan
(traduit par Caroline Lavoie)
Jonny Appleseed, Joshua Whitehead
(traduit par Arianne Des Rochers)
Débutants, Catherine Blondeau
Mère à Mère, Sindiwe Magona
(traduit par Sarah Davies Cordova)
On se perd toujours par accident, Leanne Betasamosake Simpson
(traduit par Arianne Des Rochers et Natasha Kanapé Fontaine)
Boat-People, Sharon Bala
(traduit par Véronique Lessard et Marc Charron)
Ayiti, Roxane Gay
(traduit par Stanley Péan)
Balai de sorcière, Lawrence Scott,
(traduit par Christine Pagnoulle)
Laisse folie courir, Gerda Cadostin
Les villages de Dieu, Emmelie Prophète
Dans le ventre du Congo, Blaise Ndala
Annie Muktuk et autres histoires, Norma Dunning
(traduit par Daniel Grenier)
Tisser, Raharimanana
Le K ne se prononce pas, Souvankham Thammavongsa
(traduit par Véronique Lessard)

Le chant de Celia, Lee Maracle
(traduit par Joanie Demers)

Noopiming. Remède pour guérir de la blancheur,
Leanne Betasamosake Simpson
(traduit par Arianne Des Rochers)

Ferdinand je suis à Paris, Jean-Claude Charles

Maisons vides, Brenda Navarro
(traduit par Sarah Laberge-Mustad)

Le testament des solitudes, Emmelie Prophète

Difficult Women, Roxane Gay
(traduit par Olivia Tapiero)

Tomber, Carlos Manuel Álvarez
(traduit par Éric Reyes Roher)

Seuil de tolérance, Thomas King
(traduit par Daniel Grenier)

Neige des lunes brisées, Waubgeshig Rice
(traduit *par Yara El-Ghadban)*

Jamais l'oubli, Wayne Grady
(traduit par Catherine Ego)

Hors-Sol, Philippe Yong

L'or des mélèzes, Carole Labarre

Mon cœur bat vite, Nadia Chonville

La sirène de Black Conch, Monique Roffey
(traduit par Gerty Dambury)

Le violon d'Adrien, Gary Victor

Dissident, Jean-Pierre Gorkynian

Tainna, Norma Dunning
(traduit par Daniel Grenier)

Ce corps à pleurer, Tsitsi Dangarembga
(traduit par Nathalie Carré)

Du bitume et du vent, Vincent Vallières

Les Indiens s'amusent, Thomas King

Des cendres dans la bouche, Brenda Navarro
(traduit par Sarah Mustad)

Béatrice et Croc Harry, Lawrence Hill
(traduit par Stanley Péan)

Je remercie la nuit, Véronique Tadjo

Édition — Rodney Saint-Éloi
Révision — Jean-François Létourneau, Madeleine Savart, Karim Kattan, Julie Fournier
Correction — Caroline Décoste
Direction artistique et design graphique — Julie Espinasse Atelier Mille Mille
Œuvre en couverture — © Nabil Anani
Nudes and landscape (2), 2021
c/o Zawyeh Gallery, Ramallah | Dubai

Les cartes de la mer Morte datent respectivement de 1878 (Palestine Exploration Fund) et 1946 (Survey of Palestine). Ces cartes historiques sont accessibles grâce à Palestine Open Maps, une initiative de Visualizing Palestine.
palopenmaps.org

Mémoire d'encrier reconnaît l'aide financière du Gouvernement du Canada par l'entremise du Conseil des Arts du Canada, du Fonds du livre du Canada et du Gouvernement du Québec par le Programme de crédit d'impôt pour l'édition de livres, Gestion Sodec.

Mémoire d'encrier est diffusée et distribuée par:
Harmonia Mundi livre — Europe
Groupe Madrigall - Équipe Gallimard — Canada

Dépôt légal: 2e trimestre 2024

ISBN (PAPIER) : 978-2-89712-981-1
ISBN (EPUB) : 978-2-89712-982-8
ISBN (PDF) : 978-2-89712-983-5

LCC PS8609.L447 D36 2024 | CDD C843/.6—dc23

L'ouvrage *La danse des flamants roses* de Yara El-Ghadban
est composé en Stanley regular, d'Optimo.
Il est imprimé sur du papier Enviro en avril 2024
au Québec (Canada), par Marquis Imprimeur pour le
compte des Éditions Mémoire d'encrier Inc.